ÉLOGE

DE

LA PAUME.

De l'Imprimerie de Didot jeune,
Rue des Maçons-Sorbonne, N.° 13.

ÉLOGE
DE
LA PAUME,
ET
DE SES AVANTAGES,

SOUS LE RAPPORT DE LA SANTÉ ET DU DÉVELOPPEMENT DES FACULTÉS PHYSIQUES;

PAR M. BAJOT.

> Pars in gramineis exercent membra palæstris,
> Contendunt ludo et fulvâ luctantur arenâ.
> *Æneid.*, *lib.* 6, *v.* 642.

A PARIS,

Chez l'AUTEUR, rue du faubourg Saint-Honoré, n.° 50, près la rue d'Anjou;

Et chez les Marchands de Nouveautés.

A LA JEUNESSE.

AGE des jeux, âge de l'exercice
Abri des maux et source de plaisirs,
En ta faveur, sous ton heureux auspice,
J'ose exposer ce fruit de mes loisirs.

Ces dons brillans que t'a faits la nature,
De la vieillesse usurpant la langueur,
Seraient perdus, s'ils restaient sans culture;
L'art que je chante exerce la vigueur.

Par l'exercice on conserve la vie
Dans son hiver, telle qu'à son printemps:
Pourquoi, mortels, n'est-elle pas suivie
Cette leçon que vous donnent les temps?

Jeunesse, écoute un ami qui t'éclaire.
J'aurai fait choix d'un sujet trop heureux,
Utile au corps, à l'esprit s'il peut plaire,
S'il peut, lui seul, les récréer tous deux.

Si dans mes vers Pégase un peu rétif
Faisait broncher une muse indiscrette,
Blâme la muse, approuve son motif,
Ferme le livre et vole à la raquette.

DISCOURS PRÉLIMINAIRE.

HOMÈRE (1), au 6.e livre de l'Odyssée, s'exprime ainsi :

Αὐτὰρ ἐπεὶ σίτου τάρφθεν δμωαί τε καὶ αὐτή
Σφαίρῃ ταίτ' ἄρ' ἔπαιζον ἀπὸ κρήδεμνα βαλοῦσαι.
Τῇσι δὲ Ναυσικάα λευκώλενος ἤρχετο μολπῆς.
Οἵη δ' Ἄρτεμις εἶσι κατ' οὔρεος ἰοχέαιρα,
Ἢ κατὰ Τηΰγετον περιμήκετον, ἢ Ἐρύμανθον,
Τερπομένη κάπροισι καὶ ὠκείῃς ἐλάφοισι,
Τῇ δέ θ' ἅμα νύμφαι κοῦραι Διὸς αἰγιόχοιο
Ἀγρονόμαι παίζουσι· γέγηθε δέ τε φρένα Λητώ.
Πασάων δ' ὑπὲρ ἥ γε κάρη ἔχει ἠδὲ μέτωπα,
Ῥεῖα δ' ἀριγνώτη πέλεται, καλαὶ δέ τε πᾶσαι.
Ὣς ἥ γ' ἀμφιπόλοισι μετέπρεπε παρθένος ἀδμής.
Ἀλλ' ὅτε δὴ ἄρ' ἔμελλε πάλιν οἶκόνδε νέεσθαι
Ζεύξασ' ἡμιόνους, πτύξασά τε εἵματα καλά,
Ὣς Ὀδυσσεὺς ἔγροιτο, ἴδοιτ' εὐώπιδα κούρην
Ἥ οἱ Φαιήκων ἀνδρῶν πόλιν ἡγήσαιτο.
Σφαῖραν ἔπειτ' ἔρριψε μετ' ἀμφίπολον βασίλεια
Ἀμφιπόλου μὲν ἅμαρτε, βαθείῃ δ' ἔμπεσε δίνῃ.
Αἱ δ' ἐπὶ μακρὸν ἄυσαν. ὁ δ' ἔγρετο δῖος Ὀδυσσεύς.

» LE repas fini, la princesse Nausicaa et
» les nymphes qui l'accompagnaient quit-
» tent toutes leur voile, et commencent à

(1) Tout le monde sait qu'Homère florissait vers l'an 300 après la prise de Troye, et 980 avant J. C.

» jouer toutes ensemble à la paume. Telle » qu'on voit Diane parcourir les sommets » du vaste Taygète ou du sombre Erymanthe, et se divertir à chasser le sanglier ou » le cerf, suivie de ses nymphes, filles de Jupiter, qui habitent toujours les campagnes; » la joie remplit le cœur de Latone; car » quoique sa fille soit au milieu de tant de » nymphes, toutes d'une beauté parfaite » et d'une taille divine, elle les surpasse » toutes en majesté et en belle taille; telle » Nausicaa paraît au-dessus de toutes ses » femmes.

» Quand elle fut en état de s'en retourner » au palais de son père, et qu'elle se préparait à faire atteler les mules, après avoir » plié les robes, alors Minerve songea à » faire qu'Ulysse se réveillât, et qu'il vît la » princesse, afin qu'elle le menât à la ville » des Phéaciens. Nausicaa, prenant donc » une balle, voulut la pousser à une de » ses femmes; mais elle la manqua, et la » balle alla tomber dans le fleuve. Elles » jettent aussitôt de grands cris: Ulysse se » réveille.....

» Eustathe (1), dit madame Dacier, dont » j'ai emprunté cette traduction, croit que » c'est le jeu appelé ἐφετίνδα et φεννις, où » l'on ne cherchait qu'à se surprendre ; car » on faisait semblant de jeter la balle à un » des joueurs, et on la jetait à un autre qui » ne s'y attendait pas. Sophocle avait fait » une tragédie sur ce sujet d'Homère, qu'il » appelait πλυντριας, et où il représentait » Nausicaa jouant à ce jeu. Cette pièce » réussit fort. Je voudrais bien que le temps » nous l'eût conservée, afin que nous vis- » sions ce que l'art pouvait tirer d'un pareil » sujet. Au reste, ce jeu de la paume, tel » qu'Homère le décrit ici, était fort ordi- » naire, même aux femmes ».

Je partage bien sincèrement les regrets de madame Dacier sur la perte de la tragédie de Sophocle. Avec quelle satisfaction, et sans doute quel avantage, j'aurais suivi les traces d'un si grand maître, même en marchant sur un autre plan ! Néanmoins, si je n'ai plus de modèle, l'exemple me

(1) Évêque de Thessalonique dans le 12.e siècle, habile commentateur d'Homère.

reste. Homère et Sophocle, voilà les deux premières autorités qui m'absoudront du reproche auquel je m'attends, d'avoir choisi un sujet aussi ingrat peut-être, que frivole et puéril. Quant à la manière dont je l'ai traité, si elle ne présente pas tout le degré d'intérêt dont on l'a crue susceptible, j'espère, au moins, en avoir assez fait pour prouver que c'est la faute de l'auteur et non du sujet.

La paume, que les Grecs appelaient *sphéristique* (1), embrassait tous les exercices où l'on employait une balle, en grec σφαιρα, globe, à cause de sa figure ronde ou sphérique; en latin *pila*. Les lieux destinés à ces exercices se nommaient *sphæristeria*, jeux de paume; et les maîtres qui faisaient profession de les enseigner, *sphæristerici*. Parmi les divers exercices où l'on se servait de balles, il y en avait plusieurs qui ne s'exécutaient qu'en plein air et dans les endroits

(1) La majeure partie de ce morceau jusqu'à ces mots: Au-delà de cette ligne qui bornait le terrain des Antagonistes, est tirée du dictionnaire d'Antiquités Grecques et Romaines du modeste et savant Furgault, édition de Paris 1768, page 445.

les plus spacieux des gymnases, tels qu'étaient de grandes allées découvertes qu'on appelait *xistes*; d'autres s'exécutaient dans quelques salles convenables de ces gymnases (Ne voilà-t-il pas, dès-lors, nos jeux de courte-paume et de longue-paume bien distinctement établis?).

La matière des balles était de plusieurs espèces de peaux souples et corroyées, ou d'étoffes cousues ensemble en manière de sac, que l'on remplissait tantôt de plume ou de laine, tantôt de farine, de graine de figuier ou de sable. Ces diverses matières, plus ou moins pressées, composaient les balles plus ou moins dures. Les molles étaient d'un usage d'autant plus fréquent, qu'elles pouvaient moins blesser les joueurs, qui les poussaient ordinairement avec le poing ou la paume de la main. On donnait à ces balles différentes grosseurs; il y en avait de petites, de moyennes et de très-grosses; et ces différences dans la pesanteur et dans le volume, ainsi que dans la manière de les pousser, établissaient diverses sortes de *sphéristiques*.

Quant aux instrumens qui servaient à

pousser les balles, outre le poing et la paume de la main, qui étaient les plus ordinaires, comme on vient de le dire, on employait les pieds dans certains jeux. Quelquefois on se garnissait les poings de courroies qui faisaient plusieurs tours et qui formaient une espèce de gantelet ou de brassard, surtout lorsqu'il était question de pousser des balles d'une grosseur ou d'une dureté extraordinaire. Ces sortes de gantelets ou de brassards tenaient lieu aux anciens de nos raquettes et de nos battoirs, qu'ils n'ont jamais connus.

Les exercices de la paume, qui étaient en grand nombre chez les Grecs, peuvent se rapporter à quatre espèces principales, dont les différences se tiraient particulièrement de la grosseur et du poids des balles. Il y avait donc l'exercice de la petite balle, celui de la grosse, celui du ballon et celui du *corycus*. De ces quatre espèces de paume, celle de la petite balle était la plus ordinaire, et l'exercice en était recommandé par les médecins, qui le jugeaient très-utile pour la santé.

Il y avait trois espèces différentes dans l'exercice de la petite balle, non-seulement par rapport à la diverse grosseur des balles avec lesquelles on jouait, mais aussi par rapport à la diverse manière de s'en servir. Dans la première, où l'on employait les plus petites balles, les joueurs se tenaient assez près les uns des autres ; ils avaient le corps ferme et droit, sans s'ébranler de leur place; ils s'envoyaient réciproquement les balles de main en main, avec beaucoup de vîtesse et de dextérité. Dans la seconde, où l'on jouait avec des balles un peu plus grosses, les joueurs, quoique assez voisins les uns des autres, déployaient davantage les mouvemens de leurs bras, qui se croisaient et se rencontraient souvent ; ils s'élançaient çà et là pour attraper les balles, selon qu'elles bondissaient ou bricolaient différemment. Dans la troisième espèce, où l'on se servait de balles encore plus grosses, on jouait à une distance considérable. Les joueurs se partageaient en deux bandes, dont l'une tenait ferme en son poste, et envoyait avec force, et coup sur coup, les balles de l'autre côté, où l'on se donnait tous les mouvemens nécessaires pour les recevoir et les renvoyer. Les Grecs avaient encore plusieurs sortes de jeux de la petite balle, dont Pollux (1) a conservé la description, et qui étaient inconnus aux Romains. Il faut en excepter celui qu'ils appelaient αρπαστον, comme on le verra plus bas.

L'exercice de la grosse balle était différent de ceux de la petite, non-seulement à cause du volume des balles que l'on y employait, mais parce que les joueurs tenaient toujours leurs mains élevées au-dessus de leur tête, se dressant même souvent sur la pointe du pied, et faisant divers sauts pour attraper les balles qui leur passaient par-dessus la tête. Les courses, les sauts et les violentes contorsions que l'on y faisait, rendaient ce jeu très-pénible et très-fatigant.

La troisième espèce de sphéristique des Grecs, était l'exercice du ballon appelé σφαῖρακένη, parce qu'il était rempli d'air. Ces ballons étaient faits à-peu-près comme les

(1) Jules Pollux, grammairien, de Naucrate en Égypte, vers l'an 180 de J. C., fut professeur à Athènes.

nôtres. On leur donnait une grosseur énorme, ce qui rendait le jeu difficile et fatigant. Les médecins défendaient cet exercice, à cause des mouvemens trop violens qu'il exigeait.

L'exercice du *corycus* consistait à suspendre au plancher d'une salle, par le moyen d'une corde, une espèce de sac que l'on remplissait de farine ou de graine de figuier, pour les gens faibles, et de sable, pour les plus robustes. Ce sac descendait jusqu'à la hauteur de la ceinture de ceux qui s'y exerçaient; alors les joueurs, chacun à leur tour, prenaient ce sac à deux mains et le portaient aussi loin que la corde pouvait s'étendre, après quoi, lâchant ce sac, ils le suivaient; et lorsqu'il revenait à eux, ils se reculaient pour céder à la violence du choc; puis, le reprenant encore à deux mains, ils le poussaient en avant de toutes leurs forces, et tâchaient, malgré l'impétuosité qui le ramenait, de l'arrêter, soit en présentant leurs mains, soit en opposant leur poitrine, les mains étendues ou croisées derrière le dos; ensorte que, pour peu qu'ils négligeassent de se tenir fermes, l'effort du sac qui revenait leur faisait lâcher pied et les contraignait à reculer.

Les Romains, qui avaient imité les gymnases des Grecs dans la construction de leurs thermes et de leurs palestres, y avaient aussi établi des sphéristères ou jeux de paume, où ils prenaient cet exercice comme en Grèce. Pline le jeune nous apprend que la paume était si fort du goût des Romains, qu'ils s'y exerçaient, non-seulement dans les thermes ou gymnases, mais aussi dans leurs maisons de ville et de campagne. « *Apodyterio*, dit-il, en faisant la description de » sa maison de Toscane (lettre 6 du liv. 5, » édition de Barbou, 1788) *superpositum* » *est sphæristerium, quod plura genera exer-* » *citationis, pluresque circulos capit.* Au-» dessus de la chambre où l'on quitte ses » habits pour le bain, est un jeu de paume » où l'on peut prendre différentes sortes » d'exercices, et qui, pour cela, est par-» tagé en plusieurs réduits ».

Au livre 2, lettre 17, décrivant également sa maison du Laurentin : « *Nec pro-* » *cul sphæristerium quod calidissimo soli*,

» *inclinato jam die, occurrit.* Assez près
» de la salle de bain, est un jeu de paume
» percé de manière que le soleil, dans la
» saison où il est le plus chaud, n'y entre
» que sur le déclin du jour, lorsqu'il a
» perdu sa force ».

Les Romains avaient donc emprunté des Grecs quatre espèces de paume toutes différentes : Le ballon (*follis*); la balle trigonale (*pila trigonalis*) ; la balle villageoise (*pila paganica*) ; la quatrième était appelée *harpastum*. Elles sont exprimées dans ces quatre vers de Martial :

> Non *pila*, non *follis*, non te *paganica* thermis
> Præparat, aut nudi stipitis ictus hebes :
> Vara nec injecto ceromate brachia tendis,
> Non *harpasta* vagus pulverulenta rapis.

Il y avait deux espèces de ballons, l'un grand et l'autre petit. On poussait le grand avec le bras garni d'un brassard, comme les Grecs, et le petit avec le poing ; ce qui lui avait fait donner le nom de *follis pugillaris* ou *folliculus.* La légèreté du petit ballon mettait cet exercice à la portée des personnes les moins robustes, tels que sont les enfans, les vieillards et les convalescens (*Martialis, l. 7, epigr.* 32).

La paume trigonale (*trigonalis*) ne s'appelait point ainsi à cause de la figure de la balle qui était ronde, mais parce qu'on s'avisa d'y jouer à trois, qui étaient disposés en triangle, et qui se renvoyaient la balle l'un à l'autre. Celui qui manquait à la recevoir ou qui la laissait tomber, perdait la partie. (*Martial. lib.* 12, *epigr.* 83).

La paume de village (*pila paganica*) n'était pas tellement la paume des paysans, qu'elle ne fût aussi admise dans les thermes et dans les gymnases. Les balles de cette sorte de paume étaient faites d'une peau remplie d'une plume bien foulée et bien entassée, ce qui leur donnait une dureté considérable : d'ailleurs elles étaient fort grosses, et leur dureté jointe au volume en rendait le jeu plus difficile et plus fatigant (*Martialis*, *lib.* 14, *epigr.* 47).

La paume appelée *harpastum* avait beaucoup de choses de notre longue paume. Ce mot vient de αρπαζω, *rapio*, parce que chacun cherchait à arracher la balle à l'autre, dit Pollux

Pollux (*onomasticon* , *liv.* 9 , *chap.* 7). Les joueurs se divisaient en deux bandes, et s'éloignaient également d'une ligne qu'on traçait au milieu du terrain, et sur laquelle on posait une balle de la grosseur des nôtres. On tirait ensuite , derrière chaque troupe de joueurs, une autre ligne, qui marquait de part et d'autre les limites du jeu. Après cela, les joueurs, de chaque côté, couraient vers la ligne du milieu, où chacun tâchait de se saisir de la balle, et de la jeter au-delà de l'une des deux lignes qui marquait le but, pendant que ceux du parti contraire faisaient tous leurs efforts pour défendre leur terrain et envoyer la balle sur l'autre ligne ; ce qui causait une espèce de combat fort échauffé entre les joueurs, qui, comme le dit *Martial*, *lib.* 4 , *epigr.* 48 , s'arrachaient la balle , la chassaient de la main , se poussaient les uns les autres , se donnaient des coups de poing et se renversaient par terre. Enfin , le gain de la partie était pour la troupe qui avait envoyé plusieurs fois la balle au-delà de cette ligne qui bornait le terrain des antagonistes.

Je vois ici que le terrain était exactement distribué comme il l'est de nos jours pour la longue paume ; que les parties se composaient de plusieurs jeux, comme cela se pratique également aujourd'hui ; qu'on jouait à nombre égal ; que les balles, enfin, étaient semblables aux nôtres pour la forme et le volume. Il ne manquait que l'ingénieux instrument dont la découverte était réservée à des temps postérieurs, ainsi que tant d'autres arts utiles et agréables par lesquels les modernes l'emportent sur les anciens ; je veux parler de la raquette, qui ajoute autant à la facilité et à la noblesse du jeu, qu'à la force et à la grace des joueurs. Nous verrons bientôt comment on fut conduit à cette découverte.

Voilà ce que les antiquités grecques et romaines nous apprennent sur la paume. Je renvoie ceux qui voudront de plus amples détails à la dissertation de M. Burette sur la *sphéristique* des anciens, insérée dans les mémoires de l'Académie des Inscriptions.

Ce n'étaient pas seulement les gens d'une

condition privée, c'étaient les personnages les plus illustres qui jouaient à ce jeu.

Horace, dans la description de son voyage de Rome à Brindes (*Satyre 5*, *liv.* 1.er, *v.* 47), dit :

> Hinc muli Capuæ clitellas tempore ponunt.
> Lusum it Mœcenas, dormitum ego, Virgiliusque :
> Namque pilâ lippis inimicum, et ludere crudis.

» Delà, nous venons faire reposer nos » mules à Capoue. Mecène va jouer à la » paume ; Virgile et moi nous allons dormir ; car la paume ne vaut rien, ni pour » les yeux malades, ni pour les mauvais estomacs (1) ».

Nous trouvons dans Pline le jeune une lettre charmante (c'est la 1.re du liv. 3), où il fait à un de ses amis le tableau de la vie de Spurinna, homme du plus rare mérite, qui avait rempli des charges importantes, gouverné des provinces, et justement acquis, par les fatigues publiques qu'il avait soutenues, le repos dont il jouissait.

---

(1) Ce pauvre Horace, cet aimable épicurien, qui aimait tant à jouir, était donc privé de l'exercice qui donne le plus de ressort à l'organe de la santé, source de toutes les jouissances !

Il le représente se déshabillant tous les jours, vers deux ou trois heures, et jouant à la paume long-temps et violemment, opposant ce genre d'exercice à la pesanteur de la vieillesse. Par-là, ajoute-t-il, ainsi que par la régularité de sa vie, Spurinna s'est conservé, à soixante-dix-sept ans passés, la vue et l'ouie entières, et le corps dans toute sa force, sans avoir rien de la vieillesse que la seule prudence.

» Hanc regulam Spurinna constantissimè
» servat : ubi hora balnei nunciata est (est
» autem hieme nona, æstate octava), in sole,
» si caret vento, ambulat. Deindè movetur
» pilâ vehementer ac diù : nam hoc quoque
» exercitationis genere pugnat cum senec-
» tute. Indè illi, post septimum et septua-
» gesimum annum, aurium oculorumque vi-
» gor integer; indè agile et vividum corpus,
» solaque ex senectute prudentia. Ille quo-
» que, quoad honestum fuit, obiit officia,
» gessit magistratus, provincias rexit, mul-
» toque labore hoc otium meruit.

L'empereur Vespasien avait un sphéristère, ou jeu de paume, dans son palais; et c'était-là, qu'au rapport de Suétone, il se faisait frotter la gorge et les autres parties du corps un certain nombre de fois.

Alexandre Sévère s'exerçait aussi très-souvent dans son sphéristère, au rapport de Lampridius.

Saint Clément d'Alexandrie (1), ce philosophe platonicien qui se soumit aux lumières du Christianisme, conseille, dans un de ses plus beaux ouvrages, de s'exercer le corps, surtout dans la jeunesse, et propose la paume comme moyen certain de remplir cet objet.

En fait de monumens numismatiques, je vois dans le Dictionnaire encyclopédique quelques médailles grecques rapportées par Mercurial (2), sur lesquelles on

(1) Il florissait sous l'Empereur Sévère, 134 ans après J. C., et gouvernait l'école d'Alexandrie. L'ouvrage cité est intitulé : *Le Pédagogue*, abrégé de toute la morale chrétienne.

(2) Jérôme Mercurial, célèbre médecin, appelé par quelques-uns l'Esculape de son temps, nâquit à Forli en 1530, et y mourut en 1596 âgé de 66 ans. Un de ses principaux ouvrages est celui : *de Arte gymnasticâ*, à Venise, 1587, *in*-4.° ; et à Amsterdam, 1672, *in*-4.° Des recherches curieuses sur les jeux d'exercice des anciens, de savantes explications et quelques bons préceptes font le mérite de ce livre.

distingue trois athlètes nus s'exerçant à la balle au-devant d'une espèce de table qui porte deux vases, de l'un desquels sortent trois palmes, avec une inscription au-dessus; ce qui prouve que les anciens décernaient des récompenses aux vainqueurs. Une médaille de l'empereur Gordien III (1), rapportée par le même Mercurial, présente ainsi sur le revers trois athlètes nus, ceints d'une espèce d'écharpe, lesquels soutiennent de leur main gauche une balle ou un ballon qui paraît une fois plus gros que leur tête, et qu'ils semblent se mettre en devoir de frapper du poing de leur main droite armée d'un gantelet.

La paume, cultivée avec tant de soin par les anciens et dans le moyen âge, reparaît avec le même intérêt dans les temps modernes. Sans pouvoir préciser l'époque où l'usage s'en établit en France, nous voyons, vers le commencement du 14.e siècle, que les hommes de notre nation les plus distingués par leur courage et leurs rares qua-

(1) Au 3.e siècle.

lités, les princes et les rois eux-mêmes, en faisaient leur principal délassement.

En 1316, Louis X, dit *le Hutin*, s'étant extraordinairement échauffé à jouer à la paume dans le bois de Vincennes, se retira dans une grotte, où il fut saisi d'un froid qui lui glaça le sang et lui donna la mort (1).

(Qu'on ne s'y trompe pas, ce n'est point le jeu qui le tue, mais la grotte.)

Dans le même siècle, et sous le roi Jean II, le fameux Duguesclin s'amusait un jour à regarder une partie de longue-paume sur la place de Dinant, ville alors assiégée par les Anglais, lorsqu'on vint l'avertir qu'un de ses frères avait été fait prisonnier contre les lois de la guerre. Duguesclin quitte le jeu, monte à cheval, et va punir comme il le méritait l'insolent et perfide ravisseur (2).

En 1399, Charles VI, au moment de partir du Mans pour aller faire la guerre au duc de Bretagne, tombe en démence.

---

(1) Histoire de France par Villaret, tom. 8, p. 46.

(2) Vie de Duguesclin, connétable de France, par Guyard de Berville, tom. 1, pag. 110.

On le ramène à Paris, où il revient à lui quelques jours après, et va delà au château de Creil-sur-Oise. On fit à la fenêtre de sa chambre un balcon environné de barreaux de fer, d'où il voyait jouer à la longue-paume dans les fossés du château (1).

Je lis dans l'Histoire ecclésiastique de l'abbé Fleury, *tom.* 16, *sect.* 119, *p.* 433, qu'en 1498, le 7 d'avril, Charles VIII, qui résidait depuis quelque temps dans son château d'Amboise, prit la reine par la main, pour la conduire à une partie de paume qui devait se jouer dans les fossés du château, et qu'ils y demeurèrent à voir cette partie jusqu'à deux heures après midi.

Louis Guyon (2), dans ses *diverses leçons*, rapporte qu'un certain moine jouant à la paume avec François I.er, contre plusieurs seigneurs, fit un coup adroit qui décida la partie en faveur du roi. — Voilà un coup de moine, dit le prince. — « Sire, re» prit finement le moine, quand vous vou-

(1) Histoire de France.

(2) Leçons de Louis Guyon, 3 vol. in-8.°, imprimés à Lyon en 1625, sont au nombre des livres peu communs et curieux.

» drez ce sera un coup d'abbé». La première abbaye vacante fut pour lui.

» Henri II, dit Brantôme, jouoit à la » paulme, et très bien; mais jamais il ne » vouloit tenir le jeu, mais secondoit ou » tierçoit, qui sont les deux places les plus » difficiles et les plus dangereuses. Aussi » estoit-il le meilleur tiers ou second (mais » meilleur tiers) de son royaume, et s'y » affectionnoit fort, etc. Il se plaisoit fort » quand la reyne sa femme, madame sa » sœur et les dames le venoient voir jouer, » comme souvent elles y venoient, et qu'elles » donnassent leur sentence comme les au- » tres, des fenestres d'en haut » (1).

Le même Brantôme, en parlant du duc de Nemours, dit: « Il aymoit toutes sortes » d'exercices, et si y estoit si universel, qu'il » estoit parfait en tout..... Il jouoit très » bien à la paulme; aussi disoit-on les re- » vers de M. de Nemours; jouoit bien à la » balle et au ballon (2).

---

(1) Mémoires de Brantôme, édit. d'Amsterdam, 1722, vol. 2, pag. 44.

(2) Mémoires *idem*, vol. 3, pag. 3.

» J'éprouve la plus vive satisfaction, écri-
» vait le cardinal Bembo (1) à un de ses amis
» (Christophe de Longueil), en apprenant
» que votre passion pour l'étude ne vous em-
» pêche pas de songer à votre santé. *L'exercice*
» *de la Paume*, auquel vous vous livrez avant
» de vous mettre à table, est excellent. Je
» vous jure qu'à mes yeux, tous les honneurs,
» toutes les dignités de Rome ne valent pas
» vos délassemens enchanteurs.

» Litteræ tuæ me summoperè delectave-
» runt, cepique ex iis maximam voluptatem,
» quòd te video ita incumbere litteris, qua-
» rum es multò avidissimus, ut valetudini
» etiam servias. Pilæ ludus, quo te ante
» cibum exerces, mihi valdè probatur. Pe-
» ream, si omnibus romanis præfecturis
» magistratibusque non præfero deambula-
» tiunculas illas vestras, sermones, concur-
» sationes de quibus scribis »!

Nul doute qu'en France la longue-paume n'ait précédé la courte-paume, puisque,

(1) P. Bembo, noble Vénitien, littérateur et savant du 16.e siècle, fut d'abord secrétaire du Pape Léon X, et ensuite promu au cardinalat par Paul III.

comme on le voit, c'est dans un bois ou dans les fossés d'une maison royale, l'espace du jeu sans être couvert ni borné par des murs, dominé au contraire par des fenêtres, et les parties composées d'au moins six joueurs, que nos historiens nous représentent cet exercice dans ce que l'on pourrait appeler ses premiers âges.

Le désir de pouvoir s'y livrer pendant toutes les saisons, et nonobstant toute intempérie, peut-être aussi l'exemple des anciens sphéristères, aura fourni l'idée de construire de vastes salles, et peu à peu, de leur donner la forme et la distribution locale que nous offrent aujourd'hui les jeux de la courte-paume. Redevable de son existence à son aînée, elle a su mériter à son tour sa reconnaissance, en lui procurant la raquette.

La longue-paume, en effet, se joua long-temps avec des battoirs, auxquels l'autre instrument est infiniment préférable.

Le coup de battoir demande un emploi de force qui nécessairement nuit à la justesse. Il exige un mouvement brusque et précipité; point de développement gracieux de la part du joueur; point de docilité de la part de la balle dans l'action qu'on veut lui imprimer; une volée surprenante, à la vérité, par la violence de la répulsion; mais en cela même aussi dangereuse pour les joueurs que pour les spectateurs.

La raquette, au contraire, a tous les avantages du battoir, sans en avoir les inconvéniens; son coup se prête à la vigueur comme à l'adresse : celui qui sait la manier frappe avec grace, et se développe sans contorsions. L'élégance se joint à la force. La raquette commande à la balle, et celle-ci obéit avec une exactitude, qui par ses effets exerce sans cesse le jugement de celui qui va la repousser, et tient en arrêt, mais pourtant sans effort pénible, son œil, son bras, ses jambes et son intelligence.

A la courte-paume, avant que la raquette fût trouvée, on ne se servait que de la main : la ruse, mère de l'adresse, conduisit insensiblement à cette intéressante découverte. Voici un passage très-curieux d'un de nos auteurs français à ce sujet (1) :

(1) *Recherches sur la France*, liv. 4, chap. 15,

» Lorsque les jeux de paulme furent introduits en France, on ne savoit que c'étoit de raquette, et y jouoit-on seulement avec le plat de la main et de pelotes : chose que je découvre d'un vieux livre en forme de papier journal, dont je m'ayde souvent en ces miennes *recherches.* « *En l'an* 1427, dit-il, *vint à Paris une femme nommée Margot, aagée de* 28 *ans, qui étoit du pays de Hainault, laquelle jouoit à la paulme mieux qu'oncques homme eust veu, et avec ce jouoit de l'avant-main et de l'arrière-main très-puissamment, très-malicieusement et très-habilement comme pouvoit faire homme, et y avoit peu d'hommes qu'elle ne gagnast, si ce n'étoit les plus puissants joueurs, et étoit le jeu de Paris où le mieux jouoit en la rue Garnier Sainct Ladre* (Grenier-Saint-Lazare), *qui étoit nommé le petit Temple.* » Passage que vous voyez authoriser en tout et partout mon opinion, de laquelle je me

---

d'Étienne Pasquier, né à Paris, en 1528, mort en 1615 à 87 ans, avocat-général de la Chambre-des-Comptes sous Henri III, un des hommes de son temps le plus remarquable par la solidité de son esprit et la vivacité de son imagination.

» crois davantage, parce qu'autrefois parlant
» à un nommé Gastelier, il me fit un dis-
» cours qui est digne d'être récité. Cet homme
» en sa jeunesse avoit été bon joueur de
» paulme, et depuis fort long-temps huissier
» de la cour, et venant sur l'aage, résigna
» son état; mais quelqu'ancienneté d'aage
» qu'il eust (car quand il m'apprit ce que je
» dirai, il étoit aagé de 76 ans et plus), si ne
» pouvoit-il oublier son premier déduict;
» et de fait, il n'y avoit jour que si il y avoit
» quelque belle partie en son quartier, il n'en
» voulust estre spectateur. C'étoit un plaisir
» auquel il finit ses jours, et moi, jeune
» homme, qui n'y prenois pas moins de plai-
» sir que lui, le gouvernois de fois à autre
» par occasion. Un jour entre autres, il me
» conta qu'en sa jeunesse il avoit été des pre-
» miers joueurs de paulme de son temps; mais
» que le déduict en étoit tout autre, parce
» qu'ils jouoient seulement de la main et
» poussoient de telle façon la pelote, que fort
» souvent elle étoit poussée au-dessus des
» murailles, et lors les uns jouoient à main
» découverte, et les autres, pour se faire

» moins de mal, y apportoient des gants » doubles. Quelques-uns depuis, plus fins, » pour se donner quelqu'avantage sur leurs » compagnons, y mirent des cordes et ten- » dons, afin de jetter mieux et avec moins de » peine la balle, ce qui se pratiqua tout » communément; et finalement delà s'étoit » introduit la raquette telle que nous voyons » aujourd'huy, en laissant la sophistiquerie » du gand : ha! vrayement, dis-je alors à » part moi, il y a grande apparence d'es- » timer que le jeu de paulme vient delà, » parce que l'exercice consistoit principale- » ment au-dedans de notre main ouverte, » que nous appellons paulme; depuis, lisant » le passage que je vous ay ci-dessus récité, » je fus du tout confirmé ».

Nous voyons par-là que la raquette a été inventée vers le milieu du 15.e siècle, 50 ou 60 ans avant Pasquier, il y a aujourd'hui environ 350 ans. On trouve encore dans un auteur très-grave de ce temps-là une indication positive de la raquette; c'est une délibération entre deux jeunes gens pour savoir comment ils s'exerceront :

(1) *Nicolaus.* Nulla res meliùs exercet omnes corporis partes quàm pila palmaria, sed aptior hyemi quàm æstati.

Hyeronimus. Nullum anni tempus nobis parùm accommodum est ad ludendum.

Nicolaus. Minùs sudabitur si ludamus reticulo.

Hyeronimus. Imò *reticulum* piscatoribus relinquamus (jeu de mots), elegantius est palmâ uti.

Ce témoignage d'Erasme, dont le temps a précédé immédiatement celui de Pasquier, s'accorde bien avec ce que dit ce dernier de l'époque où la raquette a été inventée. Si elle datait de plus haut, comme sembleraient le soupçonner les savans auteurs de Trévoux, il serait bien étonnant qu'il ne fût pas échappé à nos historiens, dans le détail des usages de leur siècle, quelque citation au moins indirecte sur l'existence de l'ingénieux instrument.

Quoiqu'il en soit, l'expression dont se sert Erasme pour désigner la raquette vient

(1) Les Colloques d'Erasme, imprimés à Bâle, pour la première fois, vers 1527 ou 1528. Erasme, le plus bel esprit et le savant le plus universel de son siècle, nâquit à Roterdam en 1467, et mourut à Bâle en 1536.

à

à l'appui de l'étymologie que lui donne Ménage, qui dérive ce mot de *retiquetta*, diminutif de *retis*, *reticus* et *reticulum*.

L'invention de la raquette a élevé la paume au rang des arts. Il faut lire dans l'excellent traité de l'art du *Paumier-Raquettier* de M. de Garsault (imprimé à Paris en 1767, et copié par l'Encyclopédie) les détails vraiment curieux que donne ce membre de l'Académie des Sciences sur les outils et instrumens propres à la construction de la raquette; sur les procédés qu'on emploie pour la former, la percer, la brunir, et enfin la corder.

» Tous les exercices du corps assujettis » à des règles constantes, dit-il dans son » avant-propos, ont acquis à juste titre le » nom d'*Arts* par excellence. L'ame n'a be- » soin pour les exécuter que des seuls ressorts » du corps, aidés de quelques intrumens: tel » sont l'art de monter à cheval, de tirer des » armes, etc. Ainsi ne regardons plus la » paume relativement à son nom de *Jeu*, » ni comme un simple passe-temps sans » aucune utilité, mais comme un art qui,

» aidé de peu d'instrumens, devient un
» exercice très-salutaire au moyen duquel
» la jeunesse peut acquérir une santé robuste
» et une agilité si nécessaires dans le cours
» de la vie.

» On peut comparer l'art de la paume
» pour l'infanterie à celui du cheval pour
» la cavalerie; et l'officier et le soldat qui
» l'aurait pratiqué se trouverait bien supé-
» rieur à celui qui ne sait que son exercice
» ordinaire, et même celui des armes; car le
» premier ne débourre que les bras, et le
» second ne dirige le corps que dans un
» sens; au lieu que les inflexions, les élans
» et les courses qu'on est obligé de faire à ce
» jeu, le rendent également souple, et le
» rompent, pour ainsi dire, de toutes les
» façons ».

On ne verra pas sans un intérêt mêlé de quelque surprise ce jeu, devenu chez nous un art véritable, indiqué par la nature à des sauvages qui le pratiquent à leur manière. Cet article est extrait d'un voyage dans les parties intérieures de l'Amérique septentrionale, pendant les années 1766, 67 et 68, par

Jonathan Craver, traduit de l'Anglais par M. de C... (à Paris, chez *Pissot*, quai des Augustins, 1784), ch. 9, p. 273 : *des Jeux indiens; de leur paume.*

» Le jeu principal des Indiens et le plus » estimé parmi eux, est celui de la balle, qui » ressemble assez à celui que les Européens » appellent la longue-paume.

» Les balles dont ils se servent sont un » peu plus grosses que celles de ce jeu » européen ; elles sont faites d'un morceau » de peau de daim, qui, après avoir été » mouillé pour être rendu souple, est bourré » du poil du même animal, et ensuite cousu » avec du fil fait de ses tendons. Les raquet- » tes (1) ont environ trois pieds de lon- » gueur, et à leur extrémité est fixée une » espèce d'empaumure de la largeur de la » main, façonnée avec des lanières tirées de » la peau du daim. C'est avec ces raquettes » qu'ils reçoivent la balle, et qu'ils la ren- » voient à une grande distance, s'ils ne sont

(1) Le mot de *raquettes* est ici employé improprement par le traducteur; on voit par la description même que ce ne sont que des battoirs.

» pas prévenus par quelques-uns du parti
» contraire qui accourent pour l'intercepter.

» Ce jeu se joue d'ordinaire par de nom-
» breuses compagnies qui, quelquefois vont
» chacune à trois cents joueurs, et il n'est
» pas rare de voir une nation entière jouer
» contre une autre.

» On commence par fixer deux perches
» en terre, à environ 600 verges (300 toises)
» de distance l'une de l'autre, et chacune
» appartient à un des partis des joueurs. La
» balle est jetée en l'air, au centre de l'inter-
» valle et en ligne droite, entre les perches
» vers lesquelles chacun des partis tâche de
» l'envoyer, et celui qui parvient à toucher
» sa perche compte un jeu.

» Leur dextérité est telle, que la balle
» est le plus souvent maintenue en l'air,
» et renvoyée dans différentes directions
» sans toucher à terre pendant tout le jeu.
» Ils courent avec une prodigieuse vî-
» tesse les uns après les autres, et pen-
» dant que l'un est sur le point de renvoyer
» la balle à une grande distance vers sa per-
» che, un autre survient qui la saisit à

» l'improviste, et d'un coup de raquette la » renvoie du côté opposé; ce qui est extrê- » mement amusant pour les spectateurs, » et incomparablement plus que notre lon- » gue-paume, où la balle n'est pas une » demi-minute sans toucher terre (1).

» Ils jouent avec tant de véhémence, que » souvent ils se blessent les uns les autres, » au point de se fracturer quelques os; mais » ces accidens sont réputés de malheureux » effets du hasard, il n'en résulte jamais » aucune querelle ou rancune entre les » partis ».

En lisant tout ceci, une question se présente d'elle-même : Quel attrait renferme donc un exercice d'un usage si constamment, si généralement, si anciennement pratiqué ?

Parmi une foule de jeux, fruit du hasard ou de l'imagination de l'homme, on a dû, dans tous les temps et dans tous les lieux,

(1) L'auteur Anglais parle de notre longue-paume sans la connaître; peut-être aussi ne veut-il parler que de notre ancien jeu de battoir, qui subsiste encore dans quelques provinces.

préférer ceux qui, tout en donnant du relâche à la pensée, exercent et fortifient le corps, provoquent l'adresse et admettent une émulation toujours nourrie par le succès que donne l'habitude; on a dû préférer généralement (et la nature elle-même l'indiquait) l'exercice auquel tout le monde peut prendre part, où il suffise pour cela que chacun apporte les facultés physiques qu'ont naturellement tous les hommes; l'exercice qui présentât le moins de dangers possibles, sans cependant exclure les occasions qui éveillent l'attention et suggèrent l'énergie convenable, tantôt pour se garantir d'une attaque vive et soudaine, tantôt pour repousser l'aggression avec tous les moyens dont on est susceptible. Or à quel exercice mieux qu'à celui de la Paume trouvera-t-on le secret de développer ses facultés naturelles ; de satisfaire l'amour-propre par des progrès successifs ; de fortifier la santé sans aucun risque ; de prolonger la vigueur et de reculer la vieillesse ? Après tant d'autorités produites, tant d'exemples cités à l'appui de cette assertion, il est temps de faire voir les effets dans la cause, en rapportant ici une thèse soutenue à Paris, il y a 60 ans, dans les Ecoles de Médecine. Elle prouve l'excellence de la paume pour la conservation de la santé.

C'est d'ailleurs une dissertation aussi forte en raisonnemens qu'agréable par l'élégance et la variété du style. Je ne prétends aucunement en faire passer les graces et l'énergie dans ma traduction ; je ne la donne ici que pour faire connaître à ceux auxquels le latin n'est pas familier l'opinion des médecins sur la paume ; opinion qui doit calmer, s'il est possible, les inquiétudes quelquefois un peu trop vives des dames sur un jeu qu'elle craindront moins sans doute pour les santés qui leur sont chères, en le connaissant mieux (1).

(1) Cette pièce, devenue rare, se trouve à la Bibliothèque impériale.

DEO OPTIMO MAXIMO

UNI ET TRINO;

VIRGINI DEIPARÆ, ET SANCTO-LUCÆ,

Orthodoxorum Medicorum Patrono.

QUÆSTIO MEDICA,

Cardinalitiis disputationibus discussa in Scholis Medicorum, die Jovis primo aprilis, anno Domini 1745,

M. Ludovico-Claudio BOURDELIN, antiquo celeberrimæ Facultatis Decano; Chirurgiæ Professore; Regiæ Scientiarum Academiæ Socio; in Horto regio Chymiæ Professore; Doctore-Medico, Præside.

An è rheumatismo recreatis Pila prophylacticum?

I.

Dolere et pati humanum est. Hominis vita, etiam beatior, nihil aliud ferè est nisi doloris et indolentiæ perpetua quædam al-

THÈSE DE MÉDECINE,

Soutenue le jeudi premier avril 1745, dans les Ecoles de Médecine de Paris,

Sous la présidence de M. LOUIS-CLAUDE BOURDELIN, Doyen de la Faculté; Professeur de Chirurgie; Membre de l'Académie royale des Sciences; Professeur de Chimie au Jardin du Roi; Docteur en Médecine.

La Paume est-elle un préservatif contre le rhumatisme?

I.

Souffrir et languir, tel est le sort de l'humanité. La vie où l'on trouve le plus de bonheur n'est, pour ainsi dire, qu'une alternative continuelle de douleur et de non-souffrance. Une foule de maladies assiègent l'homme, et livrent à sa santé des assauts souvent répétés; il est heureux quand ce sont les moins fortes qui le tourmentent: il se porte bien quand elles l'attaquent le moins souvent.

ternatio. Numerosa hominem circumvenit morborum cohors, illiusque sanitati nunquàm non insultat. Felix ille est qui minimis torquetur, sanus qui rarioribus urgetur malis. Inter tot morbos quorum undiquè patemus telis, alii ægrum in vitæ discrimen adducunt, occiduntque non raró; alii (dubium an optabiliores, licet periculosi minùs), quam relinquunt ægris mortalibus vitam, eam aut suâ pertinaciâ et diuturnitate miseram faciunt, aut recidivæ metu et frequentiâ precariam. Ex horum genere rheumatismus est. Morbus atrox, contumax, curatu difficilis et plethoræ, eamque presso, ut plurimùm, pede sequentis cacochymiæ soboles. Adultos quàm pueros, viros quàm feminas sæpiùs exercet. Pueris corpus, in horas ampliandum, humorum redundantiæ minùs patet, quæ in partium incrementum absumitur. Feminas, licet ætatatis ἀκμὴν adeptas, à plethoræ consectaneis morbis vindicat, quæ ipsius pletho-

Parmi tant de maladies aux traits desquelles nous sommes en butte, les unes mettent la vie en danger, et quelquefois l'ôtent entièrement ; les autres (sont-elles plus désirables pour être moins dangereuses?), en laissant l'existence au malade, la lui rendent ou misérable par leur opiniâtreté et leur longue durée, ou précaire par la crainte d'une récidive et d'une rechûte fréquente. De ce genre, est le *rhumatisme*, mal rebelle, opiniâtre, difficile à guérir, engendré par la pléthore (1) et la cacochymie, qui la suit de près. Il attaque plus fréquemment les adultes que les enfans, les hommes que les femmes. Dans les enfans, il a moins de prise sur la surabondance des humeurs absorbées par l'accroissement de l'individu ; dans les femmes, lors même qu'elles ont acquis tout leur accroissement, les incommodités inséparables de la plé-

(1) Pléthore, du grec πληθωρα, *plénitude*, est une réplétion d'humeurs qui se dit particulièrement du sang. Cacochymie, également du grec κακος, mauvais, et χυμος, *suc*, est l'abondance de toutes les mauvaises humeurs. La pléthore et la cacochymie sont la cause antécédente de toutes les maladies.

ræ effectus est naturalis salutarisque, menstrua purgatio. Rheumatismi *voce catarrhum quidam intellexerunt. Si ratio habeatur etymi, rheumatismus est materiæ undecunquè ad partem quamvis affluentis appulsus. Voluit tamen usus, loquendi arbiter, ut apud medicos* rheumatismi *nomine intelligantur dolores erratici, ab efferâ materiâ ultrò citròque pervolitante oriundi. Arthritidi morbus est congener affinisque. Solâ inter se ambo differunt, materiæ similitudine pares, doloris immanitate sæpè æquales. Sublimior est rheumatismus et pomœria corporis obsidet. Profundior arthritis. Ille musculos iisque superinjectas membranas vexat. Hæc articulorum ligamenta occupat, et in ipsum sævit periostium. Quamtumvis inter se consentire videantur, nonnihil tamen discrepant. Arthritidem, præter cruciatuum atrocitatem, significant partis ægræ tumor ruborque. In rheumatismo licet atrociter lancinentur et lacerari quasi sentiantur car-*

thore leur sont épargnées par les évacuations périodiques, effet naturel et salutaire de cette même pléthore. Sous le nom de *rhumatisme*, quelques-uns ont compris le catarre. Si l'on consulte l'étymologie, le rhumatisme est une affluence de matière qui vient de tous côtés s'arrêter à un seul endroit. Cependant l'usage, ce maître de la langue, a voulu que par *rhumatisme* on entendît, en médecine, des douleurs errantes occasionnées par une matière qui court çà et là, en faisant beaucoup souffrir. Cette infirmité tient de très-près à la goutte; elles ne diffèrent entre elles que par le siége du mal : du reste, même matière, mêmes douleurs cruelles. Le rhumatisme réside dans les parties les plus élevées de la surface du corps; la goutte pénètre plus avant. Celui-là tourmente les muscles et les membranes qui les enveloppent; celle-ci se jette sur les articulations et sur les membranes mêmes qui couvrent les os. Malgré leur ressemblance apparente, il y a pourtant une différence assez marquée. La goutte, indépendamment de ses douleurs affreuses, se re-

nes, nec tument tamen, ut plurimùm, nec rubent. Affectat arthritis quemdam circuitum, et periodicè quasi ex condicto recrudescit. Non item rheumatismus, quantùmlibet pronus sit in recidivam. Quos quidem semel torsit, ii in posterum ab improviso illius insultu vix omninò sunt immunes: at nec statis recurrit temporibus, nec servatâ ullâ circuitûs lege, sed prout ad reditum invitant partis quœ œgrotavit debilitas et quodlibet in rebus non naturalibus erratum. Pro variis quas infestat microcosmi regionibus varia infert supplicia, diversaque sortitur nomina rheumatismus. In femore Ischias *audit, plebi* Sciatica. *Æmulatur in lumbis nephritidem, à quâ tamen vomitionis absentiâ discriminatur. Vocant tùm* lumbaginem. *Ad thoracis costarumque motores musculos delapsus difficilem facit respirationem falsamque non malè simulat* pleuritidem. *Nullis demùm parcit partibus, quœ totum aliquandò corpus infestat, et uni-*

connaît à la rougeur et à l'enflure de la partie malade; dans le rhumatisme, quoique l'on ressente dans les chairs des élancemens douloureux et une espèce de déchirement, il ne paraît néanmoins, pour l'ordinaire, ni enflure ni rougeur. La goutte s'établit dans un certain arrondissement du corps, revient périodiquement et comme à époques convenues. Il n'en est pas de même du rhumatisme, malgré sa facilité à se reproduire. Ceux qu'il a une fois tourmentés, ne sont, il est vrai, presque plus, à l'avenir, exempts de son invasion soudaine ; mais il ne reparaît pas à époques fixes, et n'a point de régularité : son retour dépend de l'affaiblissement des parties affectées ou de quelque excès contre-nature. Selon les régions du corps qu'il affecte, le rhumatisme prend différens noms, en occasionnant divers genres de douleurs. Dans la cuisse, on l'appelle vulgairement *sciatique ;* dans les reins, il approche de la *néphrétique*, dont il diffère cependant par l'absence du vomissement ; on le nomme alors *faiblesse de reins.* Lorsqu'il tombe sur les muscles moteurs des côtes et de

versâ phlogosi deurit tetra lues. Incautis imposuit non semel medentibus falsâ scorbuti similitudine mentientibusque luem veneream nocturnis doloribus. Est ubi eò pervenit morbi feritas, ut, post longos cruciatus, solidis partibus tono suo spoliatis, et evanescente doloris omni sensu, vitatâ Charybdi delabatur in Scyllam æger, et variè intortis contra naturam membris, nec unâ quasi ferruminitatis ἀγκύλωσι, quâdam anticipatæ mortis imagine, omni motu destituatur, silicernio quàm viventi similior. Tot malorum causa est sanguinis serum salinis plus æquo fetum spiculis, membranaceas nervosasque corporis partes continuò vellicantibus.

l'estomac,

l'estomac, il rend la respiration difficile, et imite assez bien la fausse pleurésie. Enfin, ce terrible fléau ne ménage aucune partie : quelquefois même il afflige tout le corps, et lui fait endurer toutes les angoisses d'une combustion interne. Faute d'attention, quelques médecins l'ont traité comme maladie scorbutique, et à cause des douleurs nocturnes, comme maladie vénérienne. La vérité est que cette cruelle maladie arrive à un degré tel, que celui qui en est attaqué, après avoir long-temps et horriblement souffert, passe d'une extrémité à l'autre, et tombe, comme l'on dit, de Charybde en Scylla. Les parties solides perdent leur ton, tout sentiment de douleur s'évanouit, les membres se tordent contre-nature, et ne présentent plus que des angles soudés, pour ainsi-dire, d'une seule pièce. Privé de tout mouvement, ressemblant plutôt à un spectre qu'à un homme, le malade offre une image anticipée de la mort.

La cause de tant de maux, est la sérosité du sang surchargé de parties âcres qui, comme autant de dards bien aigus, enfoncent sans cesse dans les nerfs et les membranes leur pointe cruelle.

II.

Cui morbi indoles probè cognita fuerit, ille de ejusdem causâ minimè dubitabit. Perspectâ in rheumatismo eundi redeundique ab unâ ad aliam partem facilitate, seri fluiditatem et dispositionem ad motum, illius causam esse nasutus quilibet statim odorabitur. Quem aut parùm noverunt, aut minùs accuratè descripserunt rheumatismum, illum pro catarrho habuerunt veteres, nec dubitârunt in caput refundere. Ventriculum alii, alii lienem, hepar ille, hic alia quælibet viscera, prout visum fuit, immerentia culpârunt. Jure an injuriâ, illi viderint qui nôrunt in sano homine, à suscepto repentino frigore, sæpissimè ortum fuisse rheumatismum. Illius causa remota fieri potest quidquid sanguinem densat inspissatque. Hinc victus lautior, calenti corpori subitò impactum frigus, indèque prohibitum salubre adeò perspirationis efflu-

II.

Dès que l'on connaîtra bien le caractère de la maladie, on n'aura plus d'incertitude sur ce qui l'occasionne. Quand on aura observé dans le rhumatisme la facilité avec laquelle il va et revient d'un endroit à un autre, avec quelque pénétration, on sentira que la cause gît dans le fluide séreux, toujours prêt à se mettre en mouvement. Les anciens, qui ont peu connu le rhumatisme, ou qui l'ont décrit avec peu d'attention, l'ont considéré comme catarre, et n'ont point hésité à l'attribuer à la tête. Les uns ont accusé l'estomac, les autres la rate; ceux-ci le foie, ceux-là d'autres viscères. On verra s'ils ont tort ou raison, quand on saura qu'un homme en pleine santé est souvent attaqué du rhumatisme pour avoir été saisi subitement par le froid. Ce mal peut avoir une cause éloignée dans tout ce qui condense et épaissit le sang. Une nourriture trop succulente, un refroidissement trop prompt quand on a chaud, ce qui arrête l'effet salutaire de la transpiration, et fait moins refluer la sueur dans le sang, qu'elle ne la répand dans les petits vides des fibres musculaires, donnent lieu à cette infirmité. Le sang, épaissi dans ses vaisseaux et retardé

vium, nec tam in sanguinem refluum, quàm effusum intrà muscularium fibrillarum membranarumque vacuola, pessimo huic affectui ansam præbent non rarò. Spissior sanguis scilicet vasorum impulsui parùm morigerus, ubivis locorum cespitat. Indè humorum minor tardiorque ad cutis poros appulsus. Constrictæ aliundè, quæ tubulorum perspirationi famulantium apicibus insident epidermidis squamulæ, exhalandis succis eò faciliùs exitum occludunt, quò segniùs ab infarctis organis illi propelluntur. Occluso igitur exitu, negatoque à ponè sequentibus aliis humoribus reditu, quid superest, nisi ut quà data porta effugium quærant, et per minimorum vasorum exilissimas commissuras viam sibi faciant in partium substantiam? Huic operi totus non est par sanguis. Globulosæ illius partes corpulentiores sunt; lymphaticæ intricatiores; viscosiores lentioresque biliosæ; omnium aptissimæ seri particulæ. Quæ ploratûs instar et lacrymularum per

dans sa circulation, n'a plus la même activité ; les humeurs se portent à la peau plus lentement et en moins grande abondance : d'un autre côté, les petites écailles de l'épiderme qui sont placées au sommet des conduits de la transpiration, se resserrant, empêchent d'autant plus aisément la sueur de s'écouler, qu'elles sont elles-mêmes poussées plus faiblement par l'impulsion ralentie des canaux. Toute sortie étant fermée aux humeurs, qui ne peuvent plus retourner aux endroits dont elles proviennent, parce que d'autres humeurs les chassent, il ne leur reste qu'à s'échapper vers l'issue qui se présente, en s'ouvrant un passage à travers les plus petits vaisseaux, pour aller se confondre dans la masse générale. Le sang ne peut suffire à une si forte élaboration; ses parties globuleuses prennent plus de densité; les parties aqueuses s'embarrassent; les parties bilieuses deviennent plus glutineuses et plus pesantes; toutes se trouvent singulièrement propres à acquérir de la sérosité dans les petites parties dont chacune d'elles est elle-même composée ; elles s'écoulent par les pores dilatés des canaux, comme des pleurs et de petites larmes. Dès qu'elles ne sont plus contenues, c'est un déluge funeste qui se répand partout. En s'ar-

vasorum dilatatos poros exprimuntur. Sui juris factæ, pessimo partes inundant diluvio. Morâ fiunt acriores, evolutisque quibus scatent salibus, nervos, membranas et quidquid est in corpore sensûs exquisiti lacessunt continuò punguntque. Rheumatismi causam esse serum ipsius morbi mores probant. Nulla adest in dolente parte coloris mutatio; exiguus illam aut nullus elevat tumor, isque facili negotio discutiendus, licet perseveret dolor. Locum facilè mutant rheumatici dolores, relictâ unâ parte omninò indolente, ad aliam dicto citiùs transeunt. An non hæc sunt humoris tenuissimi et causæ maximè mobilis indicia? Rheutismo laborantium sanguis magnæ seri copiæ innatat. Quid verbis opus est? Spontaneo naturæ victricis conamine morbus sæpissimè sudoribus terminatur. Sudoribus autem quid eliminatur? Serum salsum et acre. Quis æger sudoris in oculum decidui salsedinem non est expertus? Quis, judice et teste linguâ, illud idem de sudore non confiteatur?

rêtant, elles contractent une forte âcreté; et les sels dont elles fourmillent venant à se développer, elles harcèlent et dardent sans relâche les nerfs, les membranes et tout ce qu'il y a de plus susceptible d'un sentiment vif et délicat dans le corps humain. Les habitudes de la maladie prouvent que le rhumatisme a son principe dans la substance séreuse : la partie affectée ne subit aucun changement de couleur; il n'y a point d'enflure, ou, s'il en existe une légère, on la fait aisément disparaître sans que la douleur cesse. Les douleurs rhumatismales changent facilement de place, et se transportent plus vîte que la parole d'un endroit à un autre, sans que la partie intermédiaire éprouve aucune espèce de douleur. Ne sont-ce pas-là les indices d'une humeur très-subtile et d'une cause extrêmement mobile? Le sang de ceux qui souffrent du rhumatisme est mêlé d'une grande abondance de liqueur séreuse. Que dirai-je de plus? Il arrive souvent qu'en vertu d'un effort spontanée de la nature victorieuse, la maladie se termine par des sueurs. Or, qu'entraînent ces sueurs? une liqueur séreuse, âcre et salée. Qui n'a pas été importuné de l'âcreté de sa sueur, quand elle tombe sur les yeux? Qui, je le demande, ne conviendra pas de ce que j'avance sur la sueur?

III.

Vis è rheumatismo sanum te et à pessimi morbi novo insultu immunem præstare? quam monstrat natura viam sequere. Morbum sudoribus sanat sæpissimè; eum sudoribus antevertere ne dubites. Sic et dolori occurres, et medicamentorum individuo comiti, fastidio. Est quidem aliquid æquâ lance pensitatis cibo et potu uti. Est aliquid etiam partitis, ut decet, somni vigiliarumque temporibus indulgere. Nec sanitati parùm confert aerem spirare temperatum purumque, et ita imperare animi affectibus, ut nec veterno mens torpeat, nec æstu continuo excandescat. At illa non omnem implent paginam. Excretorum retentorumque summa illi habenda ratio est, qui vult rheumatismi præcavere reditum. Inter excreta, sive copiam spectes, sive necessitatem, sive perennitatem, primas tenet perspiratio insensilis. Quandiù perstat, res in vado est. Si varia sit nec sibi constet,

III.

Quand vous êtes guéri du rhumatisme, voulez-vous garantir votre santé d'une nouvelle attaque de cette détestable infirmité? suivez la route que la nature vous indique. C'est par les sueurs que le mal se guérit; n'hésitez point à le prévenir par les sueurs: ainsi, vous irez au-devant de la douleur, des remèdes et de l'ennui, qui en est inséparable. On fait bien sans doute de boire et de manger avec mesure; on fait bien encore de partager convenablement le temps du sommeil et de la veille. Il est également bon pour la santé de respirer un air pur et doux, et de commander aux affections de son ame, de manière à ne laisser ses facultés intellectuelles ni tomber dans l'engourdissement, ni se consumer par trop d'*incandescence*. Mais tout cela ne suffit point: il faut par-dessus tout, si l'on veut obvier au retour du rhumatisme, avoir égard aux rétentions et aux excrétions. Parmi celles-ci, que l'on considère, ou l'abondance, ou la nécessité, ou la durée, la transpiration tient le premier rang: tant qu'elle est bien établie, tout va bien: dès qu'elle varie ou qu'elle change, il faut y suppléer par les sueurs, l'attirer par le travail, ou

sudore compensanda est et labore allicienda, aut, quæ laboris species est, exercitatione invitanda. Exercitii non unum genus complectitur Gymnastica, ars veteribus quàm nobis usitatior : nunc pro solo ferè est oblectamento, quæ olìm non raro erat pro medicinâ. Sic luctâ curabat hydropisim Oribasius, *Gestatione* Ætius, Cœlius Aurelianus *vociferatione. E numero pluribus quas offert Gymnastica exercitationibus, nulla præcavendo rheumatismo aptior est quàm pilæ ludus. Veteribus non ignotus, Græcis et Romanis familiaris, à nostro tamen nonnihil diversus. Arenam in quâ ludentes exercentur* Xistum *vocant, desumpto à Græcis vocabulo. Loci distributionem nôrunt omnes; ludi leges conditionesque callent non pauci; salubritatem ignorat nemo. Non injucunda est monomachia pilæ ludus. Plures cum pluribus congrediuntur, nisi ortâ inter duos ad pugnam provocatione visum fuerit unum uno concurrere. Ludentium quemque lineum*

l'appeler par l'exercice, qui est un genre de travail. Il y a plusieurs sortes d'exercices compris sous le nom de gymnastique; art que les anciens cultivaient plus que nous. Ce qui n'est aujourd'hui qu'un amusement, on en usait autrefois comme d'un objet de santé. C'est ainsi qu'*Oribasius* guérissait l'hydropisie par la lutte; *Ætius*, par l'agitation du cheval ou de la voiture; *Cælius Aurelianus*, par l'action des cris.

Dans le nombre des divers genres d'exercices qu'offre la gymnastique, aucun n'est plus propre à préserver du rhumatisme que la paume, jeu connu des anciens, et fort en usage chez les Grecs et les Romains, quoiqu'un peu différent du nôtre.

Chez nous, l'arène où l'on s'exerce s'appelle (en latin) *xiste*, nom tiré du grec. Tout le monde connaît la distribution du terrain: beaucoup de personnes savent quelles sont les règles et les usages de ce jeu; aucune n'ignore combien il est salutaire. La paume n'est point une manière désagréable de s'exercer seul avec soi-même.

On entre en lice plusieurs contre plusieurs, à moins que deux joueurs ne se provoquent l'un l'autre, et ne veuillent se mesurer seul à seul. Les joueurs se vêtissent de chemises, camisoles, pantalons, petits bon-

vestit indusium et ejusdem materiæ subucula. Caput obtegit pileus qualis est venantium. Cingit epigastrium nodo uno et altero non laxè post terga revinctum mantile. Linea sunt femoralia et tibialia; calcei è molli alutâ confecti. Sub hâc levi pugnatur armaturâ: quo scilicet ad omnes motus, numeroque propemodùm infinitas inflexiones, habilius celeriusque fiat corpus. Mantile corpori circumdare nullus omiserit, nisi ignarus aut parùm cautus. Illud siquidem habet commodi hoc cingulum, quòd et corpus stringendo firmet, et compressis nonnihil visceribus hepar fulciat; cujus pondere deorsùm tractum diaphragma, inter crebos ludentium subsultus succussus que, respirationem redderet difficiliorem. Neccessariæ quidem huic exercitationi sunt vires. Quæ tamen vincendo solæ non sufficiunt; acri opus est oculorum acie et judicio. Illâ, fulguris instar, adactam pilam prævidebis, eamque aut decli-

nets de chasse et de souliers, qui, par leur mollesse, se prêtent à tous les mouvemens du pied; enfin, ils se font une large ceinture d'un mouchoir qu'ils serrent suffisamment par deux nœuds sur les reins. Le combat se livre sous cette légère armure, afin que le corps puisse aisément se prêter à toutes les inflexions qu'il est obligé de faire. Aucun ne doit omettre la ceinture. Elle rend le corps plus ferme, assure les viscères, soutient le foie contre les fréquens élans et les secousses des joueurs, et l'empêche de tirer par son propre poids le diaphragme en bas, ce qui rendrait la respiration pénible.

Cet exercice demande que l'on jouisse de toutes ses forces. Ce n'est cependant pas d'elles seules que dépend la victoire; il faut y joindre encore beaucoup d'adresse, un coup-d'œil juste et un raisonnement prompt, pour juger si vous renverrez la balle qui vous est lancée avec rapidité, ou si, en ployant le corps ou le retirant en arrière de peur qu'elle ne vous touche, vous la laisserez jouer à celui qui est derrière vous.

nabis, si è re tuâ fuerit; aut curvato, ne te tangat, salutabis corpore, socioque suprà manenti repulsandam conferes. Jam verò quæ motuum varietas! qui decertantium nisus! Modò suprà caput volans pila, non expectato illius resultu, elato brachio excipienda est et demittenda; modò humi repens, eadem submisso reticulo relevanda. Ludentium alter summis intorquet pilam viribus; opponit alter pro clypeo reticulum impavidus. Dùm ille, pronus in ictum, totus est in feriendo, hic stat suâ mole, totus in impetu sustinendo. Peritiæ tamen minùs est in pilâ validè impellendâ, quàm in eâdem ita collocandâ, ut æmuli fallat industriam. Arenam in duo dividit ab unis ad alios prolatus limes, qui pro fune habetur, funisque etiam nomen induit, sulcus quidam gramineus, et ita ad utramque partem conspicuus. Ludit benè, qui suprà; malè, qui infra funem sphæram pellit; eleganter, qui novit ictum ita temperare, ut pila

Maintenant quelle variété de mouvemens! quels efforts parmi les combattans! Tantôt, le bras levé, ils repoussent la balle prête à passer sur leurs têtes, sans attendre sa chûte; tantôt ils la reprennent à rase-terre et doivent la relever par-dessus la corde. Un joueur lance la balle de toute sa force; l'autre l'attend de pied ferme, et ne fait que lui opposer sa raquette comme un bouclier: pendant que l'un rassemble ses forces, l'autre sans s'ébranler, va les rendre vaines et inutiles. Cependant l'habileté ne consiste pas tant à pousser la balle avec vigueur, qu'à la diriger de façon à tromper la sagacité de l'ennemi. Le jeu de paume est divisé en deux par un sillon de gazon qui tient la place d'une corde, et qui en porte le nom. On joue bien quand on fait passer la balle par-dessus; et mal si elle donne sous la corde; mais celui-là joue encore mieux quand il pousse sa balle en sorte qu'elle rase le dessus de la corde, et qu'il sait modérer son coup de façon qu'au lieu de l'envoyer droit, elle coupe le jeu d'un côté ou d'un autre, en formant un angle relativement à la direction

transeundo funem quasi lambat, et ad arenæ hunc illumve angulum non tam currat, quàm repando quasi emoriatur. Hinc imbellis sphœræ aut minimus aut nullus resultus; urgens proindè ludenti corporis celeriter inflectendi necessitas; excipiendæ pilæ major industria, parque remittendæ ejusdem difficultas. Sine technis et dolo non luditur. Artis est unum oculis et corporis etiam conversione ac situ locum affectare, et mutatâ subitò docilis manûs directione alium impetere : sic ictu deluditur hostis insperato. Ad eam, quam attingere velle te simulasti arenæ partem ruit celeriter, fugientem verò aliorsùm dùm videt pilam, et insequi studet, sese subitò summoque nisu recolligit, indè rediturus quò eum error egerat præcipitem. At ille par pari referet, dolumque dolo compensabit vicissìm. Fraudis memor, hostis in eum quem mox deserueris locum sphœram mittet, quam tu non nisi veloci poplitum auxilio, anhelusque attingas.

du

du terrain, et n'arrive qu'en mourant : la balle alors, ne faisant que très-peu de bond, oblige l'adversaire à s'élancer et à se ployer avec promptitude, et il est très-difficile de la reprendre et de la renvoyer.

Ce jeu est rempli d'art et de finesses, comme de feindre du corps et des yeux que l'on a dessein de jouer d'un côté, et de changer tout-à-coup de direction en jouant ailleurs. L'adversaire trompé, qui s'était avancé rapidement où vous aviez paru disposé à porter votre coup, est obligé de revenir précipitamment et à perte d'haleine d'où son erreur l'avait conduit. Il vous rendra bientôt la pareille ; bientôt, se ressouvenant de la supercherie, il enverra la balle à la place que vous venez de quitter, et vous serez contraint à votre tour de courir et de vous essoufler pour y revenir. Ce singulier genre de combat ne se donne pas sans plaisir ; quoique l'homme y travaille presque tout entier : ses yeux sont perpétuellement occupés, ses bras dans un mouvement continuel ; ses mains se serrent ; ses poumons sont agités par sa voix et sa respiration fréquente ; son corps et ses

Quid plura ? In eo singulari certaminis genere, totus ferè, nec sine voluptate laborat homo ; exercentur intuitu oculi, impellendo brachia, manus stringendo, vociferatione et crebrâ respiratione pulmones, multiplice inflexione lumbi, femora, tibiæ et pedes cursu, ipsaque mens, dùm versat dolos, ratiocinatione.

IV.

Sanitati servandæ convenire exercitium nemo non fatetur. Illud quantæ sit in firmando corpore utilitatis ipsa docet natura, quæ infantibus et pueris tantam indidit, pro ratione ætatis, ad motum propensionem. Naturâ duce, currunt, saltant, colluctantur lascivientes illi naturæ palæstritæ. An non idem in junioribus quibuslibet animalibus observare est ? Certo sanè indicio, motum esse corpori fovendo et roborando maximè idoneum ac necessarium : sin minùs, novercam ageret, non matrem, optima natura,

reins, par la multiplicité d'inflexions qu'il est obligé de faire; ses jambes et ses pieds, par sa course et ses pas précipités : enfin son esprit s'exerce à chercher les différentes ruses qu'il emploiera pour enlever la victoire à son ennemi.

I V.

Personne ne peut disconvenir que l'exercice ne soit propre à conserver la santé. La nature elle-même nous apprend combien il est utile pour fortifier le corps, en inspirant aux plus jeunes enfans cette propension à se donner sans cesse du mouvement proportionnément aux forces de leur âge. C'est elle qui les porte à courir, à sauter, à lutter entre eux, à s'exercer de toutes les manières. Ne remarque-t-on pas la même chose dans les jeunes animaux? C'est un indice certain que le mouvement est propre et nécessaire à entretenir et à fortifier les facultés physiques : autrement, la nature, cette mère si tendre, ne serait plus envers nous qu'une marâtre, de nous pousser continuellement vers la fatigue de l'exercice, à un âge où

quæ nos ad exercitationis ferè continuæ laborem, eâ præsertim ætate impelleret quâ loquenti illi soli libentes auscultamus. Eatenùs sanum est corpus, quatenùs à plethorâ immune. Plethoram imminuit exercitatio : facilis est et in promptu consequentia. *Labore musculi in validiores cientur motus. Ab iis vasa sanguinem deferentia fortiùs premuntur, et sæpiùs; indè sequitur liquidorum corporis major tritus. Quò illa subiguntur exactiùs, eò secretionibus ipsique nutritioni aptiora evadunt. Nec sunt hæc verba vocesque tantùm : à labore etiam duro corpus uberiùs nutritur. Dubitas ? Experientiam consule, et ipsis saltem crede oculis. Quâ proportione pars quælibet corporis exercetur et laborat, eâ vires acquirere illam videbis. Quàm lata sunt remigibus pectora ! Quales ostentant humeros bajuli ! quos dorsi lumborumque habent musculos ! Cantoribus quale pulmonum robur ! quæ vox stentorea ! Quàm*

l'on est si docile à ses moindres impulsions. *Moins le corps est sujet à la pléthore, mieux il se porte. L'exercice la diminue : il est facile d'en déduire la conséquence.* Le travail donne aux muscles des mouvemens plus rapides et plus développés, qui agitent plus fortement et plus souvent les vaisseaux où le sang circule : il en résulte un battement plus grand dans les parties liquides ; plus elles ont d'activité, plus elles deviennent propres aux secrétions et à la nutrition elle-même. Ce ne sont pas-là de vains propos et des paroles en l'air. J'ai dit que l'exercice, même violent, contribue à l'accroissement du corps. En doutez-vous? consultez l'expérience, et croyez-en du moins vos yeux. Vous verrez que la partie du corps qui travaille et qui s'exerce le plus prend des forces en raison de son exercice et de son travail. Quelles larges poitrines chez les rameurs ! Quelles épaules, quels muscles de dos et de reins chez les portefaix ! Quels poumons, quelle voix de Stentor chez les chanteurs ! Quels nerfs dans les jambes et dans les cuisses chez les porteurs

lacertosa sunt crura et femora lecticariis ! Quàm invicta demùm pilâ ludere solitis pugni firmitudo ! Hæc omnia quid præstat ? labor, exercitium. Quæquidem quâ ratione novi et uberioris pabuli accessione corpus roborant, eâdem eliminandis residuis à nutritione succis, id est, fovendæ perspirationi inserviunt. Rheumatismum facit serum mordax in membranas musculosque delapsum. Extra cancellos errare gestienti sero favet sanguinis spissioris, et idcircò tardioris, mora in vasis capillaribus. Hanc sequitur, haud aliter ac in lacte concrescente, seri acrioris, coeuntibus simul aliis sanguinis partibus, expressio et expulsio. Sic solitis vasis exterminatus, inviis invitisque partibus sese insinuat acer ichor, ingratus hospes, triste relicturus extortæ hospitalitatis pretium. Quis sanæ mentis non sentit illum rheumatismi recidivæ minùs futurum obnoxium qui pessimi morbi causæ prospicere noverit, eam conciliando vasorum fibris

de chaises ! Quelle fermeté de poignet, enfin, chez les hommes qui ont habitude de jouer à la paume ! D'où cela vient-il? du travail, de l'exercice, qui, d'un même moyen, disposent le corps à recevoir une nourriture nouvelle et plus abondante, et favorisent l'évacuation des sucs qui cessent d'être nécessaires à la nutrition, en entretenant la transpiration. Le rhumatisme est l'effet d'une sérosité mordante qui tombe sur les muscles et les membranes. Le sang, devenu plus épais, et conséquemment d'une circulation plus lente dans les vaisseaux capillaires, favorise, par son retardement, les efforts de la liqueur séreuse à s'écarter de ses voies naturelles : elle est de suite pressée et poussée par les autres parties du sang qui s'agglomèrent, ainsi que cela arrive dans la coagulation du lait. Chassée de ses canaux ordinaires, cette liqueur séreuse, âcre et salée, s'insinue de force dans des parties qui ne sont pas faites pour la recevoir, comme un hôte ingrat qui laissera une triste récompense de l'hospitalité qu'il aura prise de force.

Peut-on, raisonnablement, ne pas sentir

firmitatem quæ par sit attenuando sanguini: undè liquidorum corporis fluiditas major, faciliorque proindè eorumdem per cutis spiracula exhalatio. Quod à pilæ exercitio contingere nullus non fatebitur.

V.

Pessimè de rheumatismi causâ ille judicat qui caput incusat. Delirantibus aliis partibus, insons alia damnatur. At in capite non rarò incipit qui ad alias partes derivatur deinceps morbus. Indè illius mores inferas, non causam. Ventriculus imbecillior, aut malè morata, quæ alimentorum coctioni inserviunt, viscera causam huic morbo præbent. Fatemur, sed remotam, nec nisi conspirantibus partium transpirationis materiæ præparandæ et eliminandæ dicatarum debilitate aut erroribus efficacem. Nec destruendæ, quam exstruximus, morbi ætiologiæ, duce Avicenâ, *objicias flatus esse rheumatismi parentes. Illud qui-*

qu'on sera moins exposé au retour du rhumatisme en sachant prévenir la cause de ce mal détestable, et en donnant aux fibres des canaux une fermeté suffisante pour contenir le sang; ce qui donnera aux parties liquides du corps plus de fluidité, et facilitera davantage l'évacuation à travers les pores de la peau. Personne ne peut nier que l'exercice de la paume ne procure cet avantage.

V.

C'est très-mal connaître la cause du rhumatisme, que d'en accuser la tête; c'est lui donner un tort qu'elle n'a pas. Mais, dira-t-on, il n'est pas rare qu'une maladie qui commence par la tête se répande dans les autres parties du corps. Vous tirerez delà induction pour les habitudes de cette maladie, et non pas pour son principe. La faiblesse de l'estomac, ou un dérangement dans les organes qui servent à la digestion des alimens, occasionne cette maladie. J'en conviens; mais c'est une cause éloignée, et à laquelle a nécessairement contribué l'af-

dem veri quamdam speciem videtur præseferre morbique materiei inconstantiâ et mobilitate fulciri. Quid enim aere mobilius ? Quid subitis loci mutationibus obnoxium magis ? Sed ex aeris facili mobilitate sequitur difficilior ejusdem intra vasorum, poris ubiquè et undiquè perviorum, tubulos incarceratio. Si alicubi in humano corpore, maximè in abdominis tortuosis anfractibus regnat Æolus. Ibi ventorum patria; ibi flatuum frequentiores procellæ. Labor est sat durus, inquies, sphæromachia. Ita est, sed inassuetis. Usu fit levior, exercitatos vix fatigat, imò sine lassitudine oblectat. Aliundè verò, est modus in rebus. Non feret bovem qui tulit vitulum. At, instabis, ut quid illud præcavendo rheumatismo adhibere, à quo sæpissimè idem morbus desumit originem ? Æstate, etiam immoto corpore et quieto, vel lenior aura zephyri lassitudines inducit et rheumatismum, quantò magis, ubi à violentiore exercitio corpus incaluerit.

faiblissement des parties consacrées à former et à faire évacuer la matière de la transpiration.

Qu'on ne vienne pas non plus nous objecter, avec *Avicène*, pour détruire ce que nous avons avancé sur la nature de cette maladie, que les vents engendrent le rhumatisme. Cette assertion aurait une apparence de vérité, en raison de l'inconstance et de la mobilité de la matière et de la maladie : car, quoi de plus mobile que l'air? quoi de plus sujet aux variations locales et subites? Mais, d'après cette mobilité même, il est trop difficile de concevoir que l'air dont nous parlons reste détenu dans des canaux ouverts de toutes parts et dans tous les sens. Non, si Éole a établi son empire dans quelque endroit du corps humain, c'est principalement dans les régions tortueuses du ventre : là, est la patrie des vents; là, se forment et grondent souvent les bourrasques et les tempêtes.

L'exercice de la paume, dira-t-on, est un travail pénible. Oui, mais pour ceux qui n'y sont pas accoutumés; la pratique le rend léger : il fatigue à peine ceux qui en ont l'habitude; que dis-je? il les amuse sans aucune lassitude. Du reste, il faut de la modération

Nec illud diffitemur. Zephyrum tamen idcircò, aut exercitium ne crimineris. Hoc ubi contingit, solus ille culpandus est qui sudoribus, aliundè salubribus, cum diffluat, non novit sibi à frigore aeris præcavere. Hunc in finem familiaris est pilâ ludentibus cautio quædam, quam omittere fortè crederes. Solent illi, finito certamine, casam arenæ vicinam celeres petere, et citò depositis sudore madentibus ponderosisque indusiis, indusias siccas induere; undè exhalandis humoribus nullus obex, et viæ patentiores.

Ergo è rheumatismo recreatis Pila prophylacticum.

Proponebat Parisiis FLORENTIUS-CAROLUS BELLOT, Abbavillæus, celeberrimæ Facultatis parisiensis Baccalaureus Medicus.

dans tout, et l'usage n'est point l'abus ; il ne faut pas porter au-delà de ses forces.

Mais, direz-vous encore, vous donnez pour remède préservatif du rhumatisme ce qui précisément peut le faire naître. Dans le beau temps, lorsque le corps est tranquille et dans un repos absolu, le plus léger coup d'air vous cause un refroidissement et un rhumatisme ; à combien plus forte raison lorsqu'on se sera échauffé par l'exercice le plus violent ! Cela est vrai ; mais gardons-nous d'accuser l'air ou l'exercice. Lorsque ce malheur arrive, il ne faut inculper que le joueur, qui, couvert de sueurs, d'ailleurs salutaires, néglige de se garantir des impressions trop froides qui peuvent le frapper. C'est pour cela que les joueurs de paume prennent une précaution que l'on croit peut-être qu'ils oublient. Aussitôt la partie finie, ils courent vite à une petite cabane voisine du jeu, et là, se dépouillant de leurs chemises trempées, chargées de sueurs, ils se vêtissent de linge bien sec : les pores restent dilatés, et il ne se fait aucun obstacle au complément de la transpiration.

Donc la Paume est un préservatif contre le rhumatisme.

A la suite de cette thèse se place naturellement un extrait de l'Hygiène du docteur Geoffroy, poème dont la belle latinité n'eût pas été désavouée par les écrivains du siècle d'Auguste. Que M. Geoffroy soit parvenu à revêtir de tous les ornemens poétiques un sujet qui en paraît, au premier abord, si peu susceptible, je ne m'en étonne pas; le Dieu de la médecine étant aussi celui de la poésie, le docteur a écrit sous sa double influence; et l'on ne sait lequel est le plus digne de nos hommages, du médecin ou du poète.

DE MOTU.

Adsis diva Salus! nam non sine numine quondam
Semina morborum, sub corpore condita, nôrant
Graiorum medici assiduo rescindere motu,
Membraque præedurâ sarcire infirma palæstrâ.
Nec minùs hâc grandi medici nunc arte valerent,
Si non imbelles ægrorum solveret artus
Segnities. At nunc quis dives membra movere
Nititur, aut pedibus manibusve inglorius uti?
Ecce valens juvenis rhedâ resupinus inerti,
Orbatus veluti pedibus, defertur, et idem
Vestibus immotus, trepidantibus undique servis,
Induitur: in sculpta putes simulacra Deorum
Quæ cultu insano exornat devota sacerdos.

DE L'EXERCICE.

Fragment du poème de l'Hygiène, traduction du Docteur DELAUNAY.

Déesse de la Santé, c'est sans doute par ton inspiration divine que les médecins grecs de l'antiquité prescrivirent l'exercice comme un puissant moyen de détruire les germes cachés des maladies, et firent servir les jeux violens de la gymnastique à fortifier les tempéramens faibles et délicats. Les modernes eux-mêmes ne tireraient pas moins d'avantage de cet art salutaire, si leurs malades n'étaient entièrement asservis au joug de la mollesse. Mais est-il de nos jours quelque homme opulent qui veuille prendre quelque exercice, et qui ne se crût avili de faire un usage tant soit peu laborieux de ses membres efféminés? Voyez avec quel air de nonchalance ce jeune homme plein de santé se fait traîner dans une voiture à ressorts. Voyez-le à sa toilette occuper une troupe de valets, et se faire vêtir comme un impotent. Qui ne le prendrait pour l'idole d'un dieu du paganisme que la superstition s'occupe à parer de ses propres mains? La race mâle et courageuse des Grecs ne se laissa point séduire par les vains attraits d'un luxe et d'une mollesse semblables. Leurs plus fameux héros mettaient leur plaisir et leur gloire à se présenter dans la lice, à se disputer le prix de la course, de la lutte et du ceste; à se voir couronnés vainqueurs au milieu des applaudissemens d'une foule de spectateurs. Voilà de quelle manière ils s'ouvrirent les routes de l'immortalité. Ces peuples avaient appris

Non ea Graiorum invictas vecordia mentes
Mollierat; luctâ, cursu, contendere et armis,
Aut pugnare manu, validis certare lacertis,
Et medios inter populi plaudentis honores
Fessa coronari victrici tempora lauro,
Hæc fuit heroum virtus, hæc gloria. Quantùm
Corporis ad vires præstet mentisque vigorem
Motus, ab antiquo servabant Pœone Graii.
At mala, neglecto motu, quanto agmine surgant,
Multiplices quantùm mortalia corpora vexent
Passibus occultis et cæco tramite morbi,
Carmine quis vates unquàm comprendere posset?
Scilicet humorum moles, quæ vasa liquore
Dissimilis vario irrorat, sincera perenni
Stat motu; motu variæ, quas aggerit alveo,
Atque simul cogit, partes conflantur in unam
Materiem, sensìmque sibi similantur, eumdem
Jam referunt succum, tritu cursuque subactæ.
Desinat intereà motus, fluxuque liquoris
Cesset ab assueto moles, disjuncta coibit
Altera pars, tenuis disrupto dùm altera nexu
Mutatâ in vapidam convertitur indole lympham.
Sic et sæpè vides secto de vase cruorem
Fluxibus æquatis, unâque erumpere formâ;
Sanguinis est eadem facies, similisque videtur
Materies; internus ubi calor avolat, idem
Deficiente coit motu, massamque coactus
Efformat, rigidum quæ possit vincere cornu;
Lympha simul massæ discreta supernatat, omnis

des

des enfans d'Esculape quels heureux effets produit l'exercice sur les facultés du corps et de l'esprit.

Mais qui pourrait décrire le nombre de maladies dont le défaut d'exercice est la source? Quel poète pourrait faire assez de vers pour détailler la multitude d'infirmités qui mine sourdement le corps des humains trop adonnés au repos? D'abord, ce n'est qu'à la faveur d'un mouvement continuel que la masse totale des humeurs se conserve dans toute sa pureté, et qu'elle fournit abondamment aux vaisseaux les différentes liqueurs dont ils opèrent les sécrétions. C'est par le mouvement que les parties hétérogènes qui composent cette masse s'unissent, s'assimilent, s'identifient. C'est par leur circulation perpétuelle et par l'action des vaisseaux qu'elles sont atténuées et forment ensemble un suc vivifiant. Que le mouvement cesse, que le cours des liqueurs soit interrompu, leurs principes se sépareront; les uns se coaguleront, tandis que les plus déliés, manquant de consistance, se convertiront en une lymphe sans force et sans énergie. C'est ainsi qu'à l'ouverture d'une veine on voit le sang sortir sous une forme et sous une couleur si constamment les mêmes, qu'on le prendrait pour un liquide simple et sans mélange. Cependant, à peine a-t-il perdu sa chaleur et son mouvement interne, qu'il se fige, qu'il se caille, qu'il devient un corps solide capable de se racornir. En même temps, la partie lymphatique, séparée de ce marc épais, lui surnage. La décomposition est manifeste; ce n'est plus du sang, c'est une matière bourbeuse et noire qui sera bientôt infecte et corrompue. Tels et plus puissans encore sont les effets que produit la continuité du mouvement sur les liqueurs qui

Vertitur humoris moles, nec sanguis, at ichor
Ater, et in putrem citò dissolvendus amurcam.
Nec minùs hæc eadem, sed vi majore, perennis
Exerit in vivâ motus compage liquorum.
Ille potest rutilum candenti è lacte cruorem
Elicere; immenso cursu per vasa, per ampla
Pectora, per varios artus, cunctique recessus
Corporis, affusum subigit, mutatque subactum
Chyliferum laticem, è chylo fit sanguis, eodem
Servandus motu quo primùm nascitur: omnis,
Impulsu stimulante, liquor de fonte cruoris
Exoritur, jecoris subiens oleosa canales
Bilis, et assiduo quem glandula gurgite fundit
Pancreatis liquor, et cerebri purissima lympha.
Sanguinis at cursum fovet, internosque liquorum
Accelerat motus, quà corpora nostra moventur,
Actio: si curris, celeri salit impete pectus,
Cor validè pulsat, turgescunt sanguine vasa,
Mentiturque febrem repetito verbere pulsus.
Non secùs inciso stillantem è vase cruorem
Motibus accelerant digiti, fluxuque perenni
Exilit alterno motûs cruor ordine pressus.
Scilicet oppositis flectuntur membra vicissìm
Funibus; hi, densis fibrarum fascibus, artus
Contracti adducunt; curtatæ crassior extat
Carnea compages fibræ, vicinaque mole
Vasa premit, motumque alterno promovet ictu.
Pellitur hinc sanguis; pulsi sua vasa liquores

circulent dans un corps animé. C'est elle qui change une substance blanche et laiteuse en un liquide rouge et vermeil. C'est par une longue suite de filtration à travers les canaux, la poitrine, les membres et les parties les plus intimes du corps humain, que le chyle, fortement broyé, se convertit en sang. Celui-ci, lui-même, ne conserve sa nature qu'à la faveur de l'action constante qui le fit ce qu'il est. C'est par le mouvement enfin que les différentes liqueurs se séparent de la masse commune; que la bile onctueuse pénètre l'organe du foie; que le suc pancréatique va se perfectionner dans la glande qui le fournit; que la lymphe la plus subtile et la plus pure émane de la région du cerveau. Mais, n'en doutez pas, c'est par l'exercice extérieur du corps que s'entretiennent, et la circulation des humeurs, et leur mouvement insensible de liquidité : le souffle de la respiration est plus vif, les battemens du cœur sont plus forts, le gonflement des veines est plus considérable, les pulsations du pouls sont plus fréquentes quand vous courez, ou que vous venez de courir; l'émotion dans laquelle vous êtes imite celle que produisent les accès de la fièvre. Ainsi voit-on que, dans une saignée, le roulement d'un étui dans les doigts accélère l'affluence du sang. La compression alternative que l'action et la réaction des muscles lui font éprouver rend son jet plus fort et plus continu : car nos membres ne se meuvent que par l'extension et le raccourcissement successifs des muscles. Les faisceaux de fibres qui les composent se contractent, pour que le membre puisse se replier sur lui-même. Cette contraction ramasse et gonfle leurs parties charnues. Celles-ci compriment les vaisseaux voisins, et cette compres-

Præcipiti pede percurrunt, attritaque motu,
Hinc subit humorum facilè sua munia moles.

Quam juvet assiduo membra exercere labore
Indè vides, puro quò sanguis vasa liquore
Impleat, æquali quò cursu vasa salutet,
Immensosque sinu mittens ex ubere rivos,
Fæcibus expurget nocuis turgentia sorde
Viscera. Sed torpent segni si membra quiete,
Stagnat iners, nullo propulsus verbere, sanguis,
Aggestusque brevì concrescit; vasa tumore
Multiplici surgunt; vix corpore glandula toto
Antiquum tribuit lymphæ jam pervia callem;
At tumet infarctu, et manibus tractata resistit.
Adde quod è toto pellendæ corpore sordes,
Tum quas per renum tubulos urina propellit,
Tum quæ materiem præstant sudoris, hiatu
Multiplici pellis raptæ, tum crassius alvi
Magma, sibi incassùm concessa ad viscera pulsent.
Motus languet iners, hærent; impura cruoris
Immotis repit fex vasibus: unda paludis
Sic stagnat vitiata luto, tetramque mephitim
Exhalans, latè loca cuncta putredine fœdat.

Inde mali soboles quàm dira liquoribus instat!
Ergo suæ potiùs nunc desidis otia vitæ,
Non fortunam incuset iners, dùm glandula duro
Tubere consurgens, infarctis ilia succis
Obstruit, aut vario moles aggesta liquorum

sion alternative accroît le mouvement des liquides. Par ce moyen, le sang coule avec plus de rapidité; les liqueurs enfilent plus promptement leurs canaux secrétoires, et la masse totale des humeurs, mieux travaillée, devient plus propre à remplir les vues de la nature.

Vous voyez par-là combien l'exercice habituel du corps est essentiel à la conservation de la santé; combien il est nécessaire pour que le sang se maintienne dans toute sa pureté, pour qu'il circule d'une manière égale dans les vaisseaux, pour qu'il puisse suffire à cette quantité prodigieuse de secrétions qui purgent les viscères des superfluités dont ils regorgent. Mais si vos membres s'énervent dans un lâche repos, le cours de votre sang se ralentira bientôt. Il se coagulera dans les canaux qu'il engorgera; il y formera des concrétions et des tumeurs opiniâtres et multipliées : a peine restera t-il dans tout le corps quelques glandes au travers desquelles la lymphe puisse librement circuler. Les autres s'obstrueront et se durciront sensiblement. Autre danger : c'est que les différentes déjections dont il faut que le corps soit purgé se porteront en vain vers leurs organes excrétoires. Ces flots de liqueur qui doivent passer des reins dans la vessie, ces âcretés qui doivent s'exhaler par les voies de la transpiration, le résidu grossier des alimens lui-même, n'auront plus qu'un cours irrégulier et languissant; ils reflueront même en partie dans la masse du sang, qu'ils infecteront. C'est ainsi que, faute de mouvement, l'eau d'un marais devient bourbeuse, et répand au loin ses exhalaisons pestilentielles.

Quelle horrible dépravation ne se met pas dès-lors dans toutes les liqueurs ! Ce n'est donc point à sa malheureuse destinée, mais à son indolence, à sa mollesse, à son oisiveté, que doit s'en prendre ce mortel efféminé, lorsque des engorgemens glanduleux viennent à produire des obstructions dans ses viscères;

Viscere decumbens, vomicam inflammata latentem
Excitat. Ille melancholico mœrore gravatus,
Siccaque vix croceis condens sub pellibus ossa,
Artis tandem implorat opem, sed sæpiùs eheu!
Ars nequit infixas altè medicamine morbi
Vellere radices; nil jam, nil pharmaca prosunt,
Poculaque et duro stibium cum marte subactum.
Hanc solus potuit motus prævertere labem,
Solus et hanc posset nunc vincere; sed tonus omnis
Deficit in solidis, nec inertia vasa liquores
Concretos possunt dissolvere; quippè quiete
Laxantur nimiâ imbelles, nec jam sua fibræ,
Ut priùs, exercent contractis munia villis:
Languida vix pellunt spissatum vasa cruorem.
Quî possent obices repetito tollere nisu?
Nulla salus superest; at nervis membra solutis
Sæpiùs ignavo languent oppressa stupore.
Sola manet, sed proh! qualis quàmque horrida vita!
Tristis et immiti magis anxia funere vita!
Sic patitur miserandus iners qui mollia motu
Vix lassare levi quondam sua membra volebat,
Antiquasque luit, morbo nunc vindice, noxas.

Ergo age, ne duro timeas compellere motu
Membra, nec assiduis firmare laboribus artus.
Certa tamen motûs lex esto, certa quietis,
Nec fessum lasses nullo moderamine corpus.

lorsque ses humeurs épaissies forment secrètement dans son intérieur des dépôts inflammatoires. Accablé de tristesse et de mélancolie, et traînant à peine un squelette recouvert d'une peau sèche et tannée, ce malheureux implore enfin les secours de l'Art. Mais ce n'est, hélas! que trop souvent en vain! souvent il n'est plus au pouvoir de l'Art d'arracher les profondes racines qu'a jetées le mal. Les remèdes les plus actifs, les dissolvans les plus vigoureux, le mars et les minéraux eux-mêmes paraissent sans vertu, demeurent sans effets. L'exercice lui seul eût été capable de prévenir de si grandes infirmités; lui seul pourrait encore les dissiper, si les fibres n'eussent entièrement perdu leur ressort, s'il restait aux vaisseaux assez de force et d'action pour dissoudre les concrétions qu'ils renferment; mais le trop de repos, l'inaction trop constante ont produit un relâchement général; les contractions ne s'opèrent plus au besoin; les fonctions animales sont pour la plupart interrompues. Comment, en effet, les vaisseaux auraient-ils la force de vaincre les obstacles qui se sont formés? à peine ont ils celle de faire circuler le sang qui s'est épaissi. Le moribond se bercerait donc en vain de quelque espoir. L'affaiblissement de ses nerfs tient ses membres dans l'engourdissement et la stupeur. Il n'a plus qu'un souffle de vie Mais quelle triste existence que celle à qui la mort est préférable! Tels sont les cruels tourmens qu'éprouve le lâche Sybarite qui craignit autrefois de s'exposer à la plus légère fatigue. C'est avec usure que les maux présens lui font payer ses fautes passées.

COURAGE donc, ô mortels! ne redoutez pas les exercices même laborieux. Sachez endurcir vos membres par un travail assidu. Soumettez cependant aux lois de la modération l'action et le repos, et n'allez pas sans règle et sans mesure vous accabler de lassitude.

Un médecin a composé ce beau morceau de poésie latine sur les avantages inappréciables de l'exercice : un autre médecin l'a traduit en français ; et pour montrer combien son opinion est conforme à celle de son illustre confrère, il a fait précéder sa traduction des réflexions suivantes (1) :

» Le meilleur régime, les meilleurs ali-
» mens, le genre de vie le plus analogue
» aux différens tempéramens, seraient ce-
» pendant inutiles pour la conservation de
» la santé, si les affections déréglées de

---

(1) Elles termineront ce discours, un peu long sans doute, eu égard à l'ensemble du livre. Mais j'ai cru ne pouvoir m'étayer de trop de suffrages dans une matière où, faute de preuves, on m'accuserait d'en manquer. D'ailleurs, ces suffrages de tant d'auteurs respectables parleront plus haut en faveur de mon sujet, que toute mon éloquence poétique. Il est facile de faire des vers, tant bons que mauvais, sur un objet quelconque : on ne peut pas toujours justifier l'utilité de cet objet, par les citations les plus importantes.

» l'âme en empêchaient l'heureux effet; si
» l'exercice convenable du corps ne le dé-
» terminait. C'est cette considération qui
» rendit les médecins de l'antiquité si zélés
» partisans de l'art de la gymnastique, qui,
» tout en fortifiant les membres et les vis-
» cères, dissipe les ennuis, charme les
» soucis, et distrait l'imagination de cette
» foule de passions auxquelles l'oisiveté
» donne tant de consistance. *Hippocrate*, qui
» semble avoir été le médecin des hommes
» de tous les âges, de tous les tempéramens,
» de toutes les conditions, de tous les siè-
» cles, et dont les écrits deviennent plus
» lumineux à mesure que nos connaissances
» se fortifient et que l'expérience nous
» éclaire; *Hippocrate*, dis-je, recomman-
» dait l'exercice en santé comme en mala-
» die. Il le regardait comme un remède pré-
» servatif et curatif tout ensemble. Il en a
» fait le fondement de son Hygiène : il
» eut le bonheur d'être écouté. Les anciens
» Grecs avaient tant de goût pour les exer-
» cices du corps, que ce père de la méde-

» cine n'a pas eu besoin de leur dire un seul
» mot sur les moyens de se garantir du froid,
» en allumant des feux pendant l'hiver.
» C'est dans les mêmes vues et dans les
» mêmes principes d'un zèle éclairé que
» *Galien a fait un traité particulier du jeu*
» *de paume*, comme d'un exercice très-
» salutaire. Mais en vain les personnes ri-
» ches de nos jours s'entendent-elles mille
» fois répéter par leurs médecins qu'il fau-
» drait qu'elles prissent plus d'exercice; que
» ce n'est qu'à sa faveur qu'elles peuvent
» espérer de digérer cette prodigieuse quan-
» tité de nourriture, plus sensuelle que sa-
» lutaire, dont elles se remplissent l'estomac:
» la mollesse l'emporte sur l'intérêt; la gym-
» nastique des anciens, dont *Mercurialis* a
» fait un ouvrage si curieux, est regardée
» par les modernes comme un recueil d'u-
» sages barbares, indignes d'un siècle poli:
» il ne nous en reste que quelques vestiges.
» Cependant cet objet mériterait peut-être,
» plus qu'on ne pense, l'attention du Gou-
» vernement ».

Telle a été de tout temps l'opinion des médecins sur l'exercice, et notamment sur la paume. Pour moi, j'ai donné sur ce jeu des recherches faites dans des momens de loisirs : j'ai composé quelques vers à ce sujet, sans aspirer, en aucune manière, à la réputation de poète, *Nomen adoratum quondam*, dit le père Vanière, *nunc penè procaci monstratum digito*. Enfin, dans ce petit ouvrage, j'ai moins eu en vue de convertir les personnes d'un âge mûr, qui n'aiment pas les exercices, que d'en inspirer le goût salutaire aux jeunes gens, et surtout, de justifier aux yeux des amateurs leur amour pour un jeu dont l'origine se perd dans la nuit des temps ; que l'on voit en vigueur chez tant de peuples ; recommandé par les oracles de la médecine ; pratiqué par tant d'illustres personnages ; célébré par les plus grands poètes et les meilleurs historiens, tant anciens que modernes ; consacré enfin par une disposition spéciale du Code civil, lequel protége, en termes formels : « *Les jeux propres à exercer au fait des armes, les courses à pied ou à cheval, les courses de chariot,* LE JEU DE PAUME » (*Titre* 12, *Chapitre premier du Code civil*).

ÉLOGE

DE

LA PAUME (1).

PREMIÈRE PARTIE.

Muse, vous êtes jeune; il ne faut pas encore
Célébrer les héros qu'on craint ou qu'on adore:
En chaussant le cothurne on s'expose aux faux pas;
Vous craignez de tomber, ne vous élevez pas.
De l'humble brodequin la forme est décevante,
N'y touchez point: trop tard naîtrait votre épouvante.
Pour vos forces prenez quelque sujet léger
Avec un peu de gloire offrant peu de danger.
Muse, chantez la Paume. O vous dont le sourire
Accueille avec dédain le sujet qui m'inspire,
Suspendez, fiers mortels, vos graves jugemens!
Le sage, comme un autre, a ses amusemens (2);
N'allez pas condamner l'exemple d'un grand homme,
Caton même jouait à la Paume dans Rome (3).

Quand Pope a célébré la boucle de cheveux (4),
Je ne chanterais point le plus noble des jeux!
Boileau pour un lutrin emboucha la trompette;
Un lutrin, quel qu'il soit, vaut-il une raquette?
Virgile, avant *Tytire* et *les champs* et *Didon* (5),
Virgile, jeune encor, chantait un moucheron.
Je ne suis ni Boileau, ni Pope, ni Virgile,
Mais plus que leurs sujets mon sujet est utile.
Pindare éternisa, par ses divins accords (6),
Les travaux glorieux, les généreux efforts
De ces mortels vainqueurs dans les jeux olympiques.
Enfin, s'il faut citer des garans authentiques:
O toi qui d'Ilion as chanté les revers,
Toi dont le nom remplit tout le docte univers,
J'ose ici t'invoquer! Le choc affreux des armes,
L'horrible bruit des chars, les mortelles alarmes,
Occupent-ils toujours tes sublimes pinceaux?
C'est pour les délasser que tu peins tes héros
S'envoyant un ballon qui jusqu'aux cieux s'élance,
Retombe sur la terre et bondit en cadence (7).

Mais quel accord charmant vient s'offrir à mes yeux?
J'invoque des mortels, et c'est parmi les Dieux
Que l'objet de mes chants trouve un heureux auspice!
Dieu des vers, n'es-tu pas le Dieu de l'exercice?
Tu présidais toi-même au maintien de tes lois,
Dans ces jeux *Pythiens* où brillaient à-la-fois (8)
La force, la vigueur, l'agilité, l'adresse,
Présens de la nature aux enfans de la Grèce.

Comme un gage d'amour tu leur donnas, dit-on,
Ce monument superbe où, vainqueur de Python,
Sous les traits d'un mortel ta céleste attitude (9)
Présente à l'art moderne une éternelle étude :
Des Grecs dégénérés il échut aux Romains;
Il reçoit aujourd'hui le culte de nos mains.
Dieu des jeux, Dieu des vers, c'est donc sous ton empire
Que je fais résonner la raquette et la lyre.

SORTANT d'un long repos, quand le chantre des bois
Fait, avec les beaux jours, ressusciter sa voix;
Lorsque les noirs frimats qui couvraient les montagnes
Cèdent aux doux zéphirs errans dans les campagnes;
Quand la terre reçoit le germe des moissons,
Amateurs de la paume, écoutez mes leçons!

HEUREUX qui peut trouver pour ce noble exercice
Un lieu qui soit en tout à ses desseins propice,
Dont le sol aplani, mais élastique et dur,
Facilite au joueur un bond juste, un coup sûr!
Eole sur un mont souvent vous contrarie (10).
Le terrain est humide au fond d'une prairie;
L'un l'autre, également trop sec ou trop fangeux,
Si vous pouvez choisir, est peu propre à vos jeux.
Emparez-vous plutôt d'une belle vallée;
Mieux encor, dans un bois choisissez une allée
Dont les arbres touffus, par leur ombrage frais,
Joignent à vos plaisirs le plaisir des forêts :
Aux chants du bûcheron, au bruit de l'herminette
Quels charmes d'allier les sons de la raquette!

Tracez donc votre plan à l'aide du cordeau.
Empêchez, en gardant un sévère niveau,
Que l'onde pluviale aisément y repose.
De cent-soixante pas sa longueur se compose.
Dans un moins vaste champ votre bras raccourci
Lancerait à regret un coup trop rétréci :
Un champ plus spacieux serait peu nécessaire ;
Notre force est bornée ; et, pour la satisfaire,
Il faut qu'on lui présente et qu'elle atteigne un but,
Qu'un joueur s'encourage à son premier début.

Que de chaque côté, laissant vingt pas entre elles
(Cette largeur suffit), règnent deux parallèles,
Légers sillons tracés pour former le pourtour
De l'enceinte sacrée, objet de votre amour.
De l'une à l'autre, au centre, établissez la ligne
Qui sépare les camps, et tour-à-tour désigne
Les coups qui, se portant ou dessus ou dessous,
Sont jugés aussitôt ou bons ou mauvais coups.
Ainsi votre terrain se trace et se partage.
D'une moins vive ardeur, la reine de Carthage
Jadis fit sillonner la place de ses tours (11) ....
Mais laissons-là Didon et ses tristes amours.
Ouvrons vîte, il est temps, la nouvelle carrière,
La foule se répand autour de la barrière :
Aux doux empressemens d'avides spectateurs
Cédez et paraissez, jeune élite d'acteurs !
Athlètes vigoureux, au milieu de l'arène,
En deux nombres égaux, le plaisir vous entraîne.

Déjà

Déjà plus d'une balle a parcouru les airs :
Poussée et repoussée en mille sens divers,
Tantôt elle s'élève, et tantôt sur la terre
Frappe, bondit, retombe et roule encor légère (12).
Les postes sont marqués. On voit six combattans,
Avec ordre rangés ; trois gardent les devans,
Marchent de front, bravant le sifflement des balles :
Au centre sont placés, à distances égales,
Deux voltigeurs : leur bras, aussi prompt que l'éclair,
Sans attendre le bond, prend la balle dans l'air ;
Le coup en est plus fort, la chance plus certaine,
La balle perce et rend la résistance vaine.
Enfin parait *au fond* celui qui, plus adroit,
D'occuper cette place a mérité le droit.
Lui seul il les vaut tous ; il dispose, il gourmande,
Et sans cesse en haleine, il presse, agit, commande.
C'est ainsi que l'on voit, dans l'ordre des combats,
Un général guider les efforts des soldats :
Il court, se précipite au fort de la mêlée ;
Au défaut de la voix, il prêche de l'épée.

D'un côté, c'est *Vafrin*, *Ludiphile*, *Agathon*,
Pilore, *Eutrophe*, *Altus* : de l'autre, c'est *Euton*,
Le jeune *Palmigène* et le vaillant *Pilandre*,
Romaléon, *Podoque* et le fier *Alexandre* (13) :
Bel ensemble où l'on voit, entre chaque moitié,
La victoire indécise, et non pas l'amitié ;
Tous unis par leurs goûts, par leurs mœurs, par leur âge,
De leurs loisirs ainsi font le plus bel usage.

Palmigène a *servi*, mais son bras furibond,
N'ayant pas empaumé, n'atteint pas jusqu'au *fond*.
Eutrophe se présente à la *demi-volée ;*
Son enbonpoint le gêne, et la balle filée
Etait *quinze* perdu, si le rusé Vafrin,
Qui se doutait du coup, n'eût accouru soudain :
D'un heureux *entre-bond* il relève la balle.
Alexandre s'avance, et, d'une ardeur égale,
Veut la rendre à Pilore : Agathon l'a prévu,
S'en empare et l'envoie à Podoque, accouru ;
Mais Pilandre la pousse au distrait Ludiphile.

Altus a vu du *fond* ce coup trop difficile :
Sur ses rivaux Altus a cent moyens divers,
Pour jouer à propos l'*avant-main*, le *revers*.
Il court à Ludiphile : « A moi, *la balle force* »,
Dit-il ; et, sans attendre, il enfonce avec force
Un coup déterminé. C'en était fait, le sort
Semblait déjà sourire à ce brillant effort,
Lorsque Romaléon, maître de son courage,
Frémit et se dispose à venger cet outrage.
Il s'élance en arrière, il se plie, il atteint
La balle qui fuyait ; en même temps il feint
De vouloir la *terrer*. Chacun tremble et recule.
Du jeu Romaléon est l'Achille et l'Hercule ;
On le trouve partout, il joint la force à l'Art,
Et pour lui, dans les bonds, il n'est point de hasard.
Il ajuste, au défaut, par un coup limitrophe,
Non le rusé Vafrin, mais le replet Eutrophe,

Qui, surpris et pressé, redouble en vain d'efforts,
Prend la balle du *bois* et la jette au dehors.
De ce coup décisif dépendait la partie.
Tel nous lisons qu'Enée, aux champs de Lavinie,
Rappelant la victoire et fixant les destins,
Enlevait à Turnus l'empire des Latins.

En attaque, en défense, en arrêt, en riposte,
Soit qu'on aille en avant ou qu'on garde son poste,
Dans tout ce que l'on fait il faut être attentif.
Loin d'ici ce joueur indolent, inactif,
Qui, du combat au sort abandonnant l'issue,
Se promène à pas lents, se morfond où l'on sue !
Parasites maudits, votre inutilité
Est partout le fléau de la société !

Méfiez-vous pourtant de cette pétulance
Qui souvent contre soi fait pencher la balance,
Et jamais ne prenez un coup mal-à-propos :
Pour tout événement soyez toujours dispos,
Le coup le moins prévu peut être le plus proche.

Ne soyez pas non plus trop sensible au reproche ;
Tel vient vous gourmander qui n'aurait pas fait mieux:
Le malheur est toujours coupable à certains yeux.

Redoutez ces joueurs qui seuls veulent tout faire,
Courent sans savoir où, frappent en sens contraire,
Croyent jouer beaucoup, sans jouer jamais bien (14) ;
Se démènent sans cesse, et n'arrivent à rien :

Tantôt, dans les accès d'une humeur indiscrète,
Ils accusent la balle, et tantôt la raquette.
Compagnons importuns, aux doux plaisirs d'autrui
Que vous sert de mêler la tristesse et l'ennui ?
— « *Nous n'en savons pas plus* ». — Eh bien, restez tranquilles,
Horace vous l'a dit ; que n'êtes-vous dociles
A ses sages conseils ? Quels plaisirs, quels appas
A donc pour vous un jeu que vous ne savez pas (15) ?
Mais, non : si de la paume on vous prescrit l'usage,
Si vous l'aimez enfin, le parti le plus sage
Est d'aller vous instruire, et, par quelque leçon,
Des autres amateurs vous mettre à l'unisson.

Que de ses facultés chacun règle l'usage.
De ses dons la nature a voulu le partage :
L'un obtint la souplesse et la dextérité,
L'autre la force ; un autre eut la légèreté.
Je vois l'un dominer par sa belle stature ;
L'autre, plus ramassé dans sa courte structure,
N'en est que plus nerveux : l'un atteindra plus haut ;
Mais l'autre franchira plus d'espace en un saut.
Celui-ci, sans efforts, se déploie avec grace,
Se dessine en jouant ; celui-là reste en place ;
Son corps est immobile, et son bras seul se meut.

Sous ces divers aspects ne s'offre pas qui veut :
Les préceptes sont bons, meilleure est la pratique,
Et c'est sur le terrain qu'on apprend la tactique.

Qu'un ensemble parfait des mouvemens du corps
Dans un juste équilibre agite ses ressorts.

Jouez d'aplomb ; ce n'est qu'en dernière ressource
Qu'on peut risquer de prendre une balle à la course.

Placez-vous à la balle ; ayez *le jugement ;*
Des plus brillans succès il est le fondement ;
Et puisqu'il est encor le fruit de l'habitude,
Qu'il devienne aussitôt l'objet de votre étude.

Combinez vos efforts : ne vous roidissez pas,
Comme un lutteur qui veut s'appuyer sur ses bras :
Gardez de déployer une force inutile ;
Le coup le plus gêné doit avoir l'air facile.
Voyez ces campagnards plus forts que des lions,
Tout leur courroux s'épuise en démonstrations :
La balle vient vers eux, ils s'apprêtent, s'ébattent,
La menacent d'avance ; elle arrive...., ils la ratent.
Comme on entend au loin rire la galerie !
C'est eux que l'on immole à la plaisanterie.
Souvenez-vous donc bien, instruit par leurs défauts,
Que, pour frapper trop fort, souvent on frappe à faux.

Mais n'allez pas non plus, par un excès contraire,
Pousser trop mollement : un habile adversaire
Prévoit la feinte, accourt et renverse soudain
L'imprudent qui lui donne une balle à la main.

Vous avez la vigueur, acquérez la justesse.
Si vous manquez de force, ayez de la finesse.
Mais vous n'en manquez point ; vous pratiquez un jeu
Où l'homme en prend beaucoup s'il en apporte un peu.

L'ART consiste à savoir garder la défensive,
Ou reprendre à propos une prompte offensive.

ICI tout est physique, et pourtant d'un rival
Vous saurez, à dessein, connaître le moral.
Tel d'un succès léger fait un grand étalage,
Que le moindre revers aisément décourage;
Car les pauvres Mortels sont faibles en tous points,
Et c'est surtout au jeu qu'ils se cachent le moins.
Sachez en profiter, cette ruse est permise:
L'un aux dépens de l'autre à son tour s'indemnise:
Ce n'est pas qu'on ne puisse être fier d'un succès;
Mais d'abord sachons vaincre, et vantons nous après.

NE vous portez jamais qu'aux balles décidées:
On ne se trouve à rien quand on a deux idées;
Un apprenti joueur échoue à cet écueil,
Mais l'athlète exercé l'évite d'un coup-d'œil;
Il prend, sans hésiter, le bond ou la volée.

SOUVENT on se reproche une balle volée
Par un zèle indiscret ou par distraction:
Redoutez les effets de votre ambition;
Permettez que chacun ait part à la victoire,
Et n'envahissez pas tout le champ de la gloire.
D'ailleurs, on rend ainsi les coups trop hasardeux;
Car quelquefois la balle échappe à tous les deux.

JE hais l'ambition, mais non pas la prudence.
J'aime à voir ce joueur qui suit l'autre, et s'avance

Derrière lui, tout prêt à s'emparer du bond,
Si le *coup de volée* échappe à son second.

Loin de se gourmander, je veux qu'on s'encourage;
Tout va mieux quand l'un l'autre à bien faire on s'engage.

Il est des cas pressans : au fort de l'action
On va passer de l'ordre à la confusion ;
Le coup s'est répété, les joueurs se déplacent,
Ils confondent leurs rangs, se mêlent, s'embarrassent,
La balle tombe *au tiers*, revole jusqu'au *fond*,
Est prise à la volée, au bond, à l'entre-bond :
Combattans, prenez garde, en ce péril extrême
Vous allez succomber, si chacun de soi-même
Ne revient à son poste, et n'offre aux assaillans
Un front calme, et bientôt terrible aux plus vaillans.
Des Français au combat connaissent tous leur place;
Chez eux l'intelligence accompagne l'audace (16);
Attaqués brusquement, ils ne sont point surpris :
De l'ordre et du sang-froid connaissez donc le prix.

Pourquoi chanter la paume et parler de combats?
A des joueurs pourquoi comparer des soldats?....
Non, ne me l'ôtez point, cette image m'est chère!
Eh! mon jeu n'est-il pas l'école de la guerre?
Ne retrace-t-il point les vaillans jeux de Mars,
Où chaque jour du sort on brave les hasards?
Que pourrait exiger la sévère Bellone
De ses plus fiers enfans, que mon jeu ne le donne?

Ne vous l'ai-je pas dit? C'est la dextérité,
L'audace, la vigueur, l'impétuosité (17),
Qui forment mon joueur. Fait à la patience (18),
Observateur de l'ordre et de l'obéissance,
Il affronte les coups, rit avec les douleurs;
De Sirius en feu les plus vives chaleurs
Impriment sur son front la mâle et noble trace
Des forces qu'il acquiert, sans altérer sa grace:
Aux rayons du soleil quand on puise son fard,
On ne regrette point un teint fade et blafard.

C'est mon dernier précepte; évitez l'équivoque
Sur les coups de limite; empêchez qu'on n'invoque
L'aveugle jugement d'ignorans spectateurs.
Vous-mêmes jugez-vous; ayez de bons marqueurs;
Que leur voix de Stentor dans le jeu retentisse;
Que tout, dans les détails de ce noble exercice,
Soit digne des acteurs et frappe les témoins:
Avec usure il peut recompenser vos soins.

Vers le soir, libre enfin de travaux et d'affaires,
Vous pouvez vous livrer à vos jeux salutaires.
Vous le pouvez encor dans les jours de repos (19).
Quelle heureuse sueur vous baigne de ses flots!
La raquette est pour vous le sceptre d'Esculape;
De votre corps fumant chaque coup qu'elle frappe
Chasse une maladie, et détourne le cours
De la source des maux qui fondraient sur vos jours:

C'est le catarre affreux, c'est la goutte cruelle,
Le fréquent rhumatisme, aussi terrible qu'elle;
Fléaux qu'en votre sein entassait sourdement
Des stagnantes humeurs le dangereux ferment.

Ainsi, par le plaisir, affranchi des souffrances,
Votre corps se prépare à d'autres jouissances.
Allez, ne tardez point, la table vous attend,
Le plus simple des mets pour vous est succulent;
L'appetit l'assaisonne, et l'on trouve à la paume
Un secret que n'a point tout l'art du Gastronome (20),
Inconnu des gourmands dans leur bel almanach,
De flatter le palais, sans tuer l'estomac.

La nuit vous a livré dans les bras de Morphée;
La paume le soumet à son pouvoir de fée:
Elle ordonne, et ce dieu, pendant votre repos,
Vous enivre à longs traits de ses plus doux pavots.

Vous, Muse, il faut aussi vous laisser prendre haleine,
Car vous n'avez fourni que moitié de l'arène.

DEUXIÈME PARTIE.

Du bonheur, à son gré, l'on se forge l'image.
Plutus, dans ses palais, lui vole notre hommage;
On pense le tenir quand on presse Bacchus;
On croit l'atteindre enfin dans le sein de Vénus.
Tristes illusions! on embrasse un fantôme!......
Où donc est le bonheur? Je ne sais: mais la Paume
Quinze ans m'a fait goûter mille charmes divers,
Quinze ans tout mon bonheur fut la Paume...et les vers,
Non pas les miens, mais ceux qu'une Muse divine
Inspirait à Corneille, et surtout à Racine;
Ou bien ceux qu'à Delille a dictés Apollon;
Car on ne peut toujours s'occuper de ballon,
De balle, de raquette. Afin de les reprendre (1),
Suspendons nos plaisirs: l'amante la plus tendre,
Quand on la voit toujours, cesse de nous charmer;
Quelquefois on se quitte afin de mieux s'aimer.
Si le corps a ses jeux, l'esprit a sa culture;
Remplissons pour tous deux le vœu de la nature,
Et mêlons sagement l'action au repos.
Tel le grand Scipion partageait ses travaux;
Ce héros qui vainquit et Carthage et Numance
Avec la Gymnastique accordait la Science,

En sortant du Lycée allait au Champ-de-Mars,
Et cultivait les jeux, les Lettres et les Arts (2).
Maître, tu peux citer l'exemple à ton élève.....
Qu'ai-je dit?.... Mon sujet s'ennoblit et s'élève!

L'HOMME entre dans la vie en proie aux passions:
Vain jouet des erreurs et des séductions,
A-t-il atteint le temps marqué par la nature,
Son cœur soudain s'éveille, il s'agite, il murmure (3),
Il demande pourquoi tous ces vagues desirs!
Quelle voix lui répond!.... C'est la voix des plaisirs.
Malgré toi, cher Mentor, elle se fait entendre;
On n'y résiste point. Quel parti vas-tu prendre?
Dans un si jeune cœur faire entrer la raison?
Mentor, ses fruits sont faits pour une autre saison.
Mettre à tous ses penchans entrave sur entrave?
Tu veux former un homme, et tu fais un esclave.
Le laisser libre, enfin, et, sans l'importuner,
Dans la société, sans frein, l'abandonner?
Tu ne le pourrais pas, toi son ami, son père!..
Mieux eût valu pour lui ne pas voir la lumière.

QUE d'imprudens, hélas! tombent dans ces excès!
L'un ne voit que l'esprit, n'en veut que les succès.
Pour le cultiver seul laisser le corps débile,
C'est verser sa liqueur dans un vase fragile.
Qu'avec peine on les voit tous ces petits savans,
De talens, de raison prodiges à douze ans!
Parvenus jusqu'à vingt, leur raison est blasée,
D'un cerveau sans vigueur la fibre s'est usée.

Un autre d'un enfant prétend faire un Caton,
Le contraint d'en avoir la démarche et le ton:
Ce sage que l'on dresse à grands coups de férule,
A trente ans, ne sera qu'un pédant ridicule,
De la philosophie affectant les dehors,
Et de sa nullité maudissant les efforts.

De ces deux beaux projets voilà donc tout le vide!
Mais, si ton jeune enfant court au plaisir sans guide,
Que va-t-il devenir dans ce monde pervers,
Où, de tous les côtés, dans cent piéges ouverts,
Le vice plein d'adresse, et quelques fois le crime,
Attendent, jour et nuit, leur crédule victime (4)?
Qu'il choisisse, s'il veut, de ces lieux empestés,
Où germent les douleurs au sein des voluptés,
De ces antres obscurs où d'affreux libertins
Goûtent dans les remords leurs plaisirs clandestins (5);
Qu'il préfère, s'il peut, la fange des tavernes,
Ou ces brillans tripots, véritables cavernes,
Repaire de brigands sous le nom de joueurs.
Bientôt, s'abandonnant à toutes ses fureurs,
Il sera trop heureux qu'une mort volontaire
Le dérobe aux forfaits, à leur digne salaire!

Ah! cesse, me dis-tu, ces tableaux accablans!
Hélas! qu'opposerai-je au délire des sens?
Peut-on de ces tyrans qu'aucun ne l'asservisse?
Oui, Mentor, à ton aide appelle l'exercice:
Enchanteur bienfaisant, doux charme du loisir
Il éteint tous les feux d'un dangereux desir,

Il calme les élans d'une fougue indocile,
Le corps est agité, l'ame est toujours tranquille.
Les muscles cependant, les organes, plus forts,
Accumulent en lui, sans maux et sans remords,
Et la vigueur morale et la vigueur physique.

Pour atteindre ce but que la nature indique,
Je ne l'ignore pas, nous pouvons parmi nous,
Suivre plus d'une route, et chacun a ses goûts (6).
L'un, le fleuret en main, incessamment s'escrime,
Dans tous ses mouvemens, c'est *tierce*, *quarte* ou *prime*.
L'autre, léger coureur, provoque ses rivaux,
Et cherche à déployer sa vigueur par des sauts;
Celui-là sait conduire un char dans la carrière (7):
Celui-ci d'un coursier guide l'ardeur guerrière;
D'autres enfin s'en vont, Hippolytes nouveaux,
Des hôtes des forêts troubler le doux repos:
Le son lointain du cor, la meute haletante,
Les cris du faon plaintif et la poudre tonnante,
Egalent leurs plaisirs à ceux mêmes des rois (8).
Mais qui n'a point de char, de coursiers ni de bois,
Doit rechercher des jeux où l'on puisse, je pense,
Prodiguer la vigueur, et non pas la dépense (9).
Paume, modeste jeu, digne objet de mes chants,
Que ne les connaît-on, tes attraits si touchans!
On peut les posséder dans une humble fortune,
Comme au sein des grandeurs, dont l'éclat importune,
Dans tout rang, tout état, et selon son moyen,
Magistrat, militaire ou simple citoyen.

— « Vraiment de cet auteur j'admire la constance
» De la paume à ce point pour vanter l'importance,
» Dira certain Railleur : sur ce ton sérieux,
» Hors la paume, il n'est point de secret d'être heureux;
» Sans la paume, sur nous tous les maux s'en vont fondre !

— Tu m'embarrasses trop, je ne sais que répondre,
Redoutable Plaisant!.... Mais de l'antiquité
Si la voix, te faisant ouïr la vérité,
Et parlant par ma bouche, ici venait t'apprendre
Que des jeux d'exercice on vit souvent dépendre
La perte ou le salut de cent états divers (10);
Que ces jeux, honorés des peuples les plus fiers,
Les formaient, dans la paix, au grand art de la guerre;
Qu'à Sparte, dans Athène et dans la Grèce entière,
Le Gymnase enfantait les plus vaillans soldats,
Volant du stade aux camps, et des jeux aux combats;
Que parmi la jeunesse, au Champ-de-Mars, à Rome,
D'Ans et d'honneurs chargé l'on voyait un grand homme
Un Pompée, un César, Caton ou Marius,
De la simplicité rehaussant les vertus,
Prouver, à tous les jeux, que, dans un corps robuste,
Dans un corps digne d'elle était leur ame auguste (11),
Croiras-tu que je vante un sujet important?
Mais tu voudras peut-être un exemple plus grand?
Du Héros immortel qui règne sur la France;
Ici, comme partout, connais donc la prudence :
Protecteur de ces jeux, amis de la santé,
Loin des plaisirs trompeurs, loin de la volupté,

Qui dégrade le cœur et flétrit le courage,
Ses lois à ses sujets en indiquent l'usage (12):
Ils le bénissent tous; et déjà, dans Paris,
De la paume plusieurs sont noblement épris.

Aux lieux où sont plantés ces jardins magnifiques
De l'auguste cité majestueux portiques,
Où la nature et l'art triomphent à-la-fois,
Boulevart digne enfin du palais de nos rois,
D'antiques fictions se sont réalisées.
Là règnent en effet ces beaux Champs-Elisées
Qu'on espérait jadis au-delà du trépas,
Pour lesquels on vivait, et qui n'existaient pas.
Là c'est un ciel plus pur, ce sont des jours moins sombres
Et des plaisirs plus vrais qu'au vain séjour des ombres.

Dès l'aube matinale, on y voit des guerriers
S'exercer aux combats. De vigoureux coursiers,
Des chars resplendissans font voler la poussière;
Et quand l'astre du jour achève sa carrière,
La ville en foule accourt, sous la voûte des cieux,
Respirer dans ces champs un air délicieux.
Là Paris de sa pompe étale les spectacles,
La beauté ses attraits, le luxe ses miracles.
Ce n'est-là cependant aux regards étonnés
Qu'un côté seul offert de ces champs fortunés.

De l'autre, contemplez la folâtre jeunesse
Qui court, s'entre-poursuit et lutte de vitesse,

Et ces heureux vieillards qui lancent gravement,
Ou leurs buis arrondis (13), ou leurs palets d'argent;
Et ces mille ballons qui, dans les jours de fêtes,
Exercent tant de bras, menacent tant de têtes.
Mais, parmi tous ces jeux, quel jeu plus amusant
Offre d'un noble accord l'aspect plus imposant?
De quels cercles nombreux l'arène est entourée!
Ah! l'on te reconnaît, Paume tant desirée,
Passion du jeune âge, idole des vieillards,
Qui du beau sexe même attire les regards!

Dans cette foule immense à mes yeux s'est offerte
De jeunes écoliers la troupe vive, alerte,
Vrais enfans de la balle, et dont la paume, un jour,
Par d'innocens attraits réclamera l'amour.
Ils sont ce que j'étais; peut-être mon histoire
Un jour sera la leur. Temps chers à ma mémoire!
O jeux de mon enfance! ô momens fortunés!
Trop tard vraiment connus, trop tôt abandonnés,
Votre seul souvenir de joie encore m'enivre!
Ma balle dans ma poche, et sous mon bras un livre,
Je courais au collége. O bon pays latin!
Alors tu n'avais pas vu changer ton destin;
Ils n'étaient pas encor ces temps de barbarie (14),
(Ils ne sont plus, le ciel a sauvé ma patrie!)
Où du plus vil mortel le dégoûtant juron
Retentissait aux lieux que charmait Cicéron,
Qu'Homère ravissait, qu'enchantait Euripide!...
Où tonnait Démosthène, où soupirait Ovide;

Là,

Là, sur l'horrible amas des lances et des dards,
On insulte à grands cris la Science et les Arts.
Toi, de mes jeunes ans premier dépositaire,
Temple majestueux, ton sacré sanctuaire (15)
S'est transformé soudain en un cachot affreux :
L'asile du bonheur est plein de malheureux ;
La vieillesse gémit où s'égayait l'enfance ;
Mais ce fut toujours-là qu'habita l'Innocence !
Eh ! pourquoi rappeler ces déchirans tableaux ?
A des objets plus doux j'ai voué mes pinceaux.
Revenez, souvenirs de ma tendre jeunesse ;
Dissipez mes regrets, rendez-moi mon ivresse !
Oh ! que ne vais-je encore à l'Université !
Le plus léger souci, la moindre anxiété,
N'osaient crisper mon front, qui repoussait leur trace.
Aux beautés de Virgile, aux préceptes d'Horace,
Mon esprit attentif se prêtait tour-à-tour.
L'heure sonnait enfin. Dans une vaste cour,
Contre un long et beau mur on envoyait la balle ;
La balle retombait, et, d'une ardeur rivale,
En s'écriant : *à moi*, chacun la renvoyait.

L'ÂGE d'or est passé. L'âge suivant voulait
Que des jeux enfantins on abjurât l'usage.
Je l'ai fait. Toutefois, pourvu d'un instinct sage,

J'ai conservé la Paume, et mes jours les plus doux,
Je les dois à ce jeu, fruit de mes premiers goûts.
D'âge en âge, on reçoit de ces beaux exercices
Toujours plus de bienfaits, toujours plus de délices.
Et toi, sexe charmant, loin de t'en courroucer,
Pour nous, pour toi, ces jeux doivent t'intéresser (17).
J'ose, en mes faibles vers, le dire à chaque belle :
« Voulez-vous des plaisirs la fleur toujours nouvelle ?
» A la paume envoyez votre époux, votre amant ;
» Sans être moins aimable, il sera plus constant ».

Du Destin, ici bas, jadis la loi suprême
A la Fidélité soumit l'Amour lui-même.
Abusant de ses droits, elle enchaîne le Dieu ;
Sans pitié, pour toujours l'attache au même lieu,
Auprès du même objet. Dans l'ennui qui l'accable,
L'Amour pleure et s'endort. Son tyran, plus traitable,
Après ce vain effort, lui rend la liberté.
L'Amour, pour se venger, vole de tout côté,
Répand et les soupçons et les fureurs jalouses,
Désole les amans, tourmente les épouses,
Et, contre sa rivale armant ses traits vainqueurs,
L'Inconstance, avec lui, se montre à tous les cœurs.
De la Fidélité qu'on juge les alarmes :
» Ah ! périssent, dit-elle, et son culte et ses armes !...

» Mais qui peut de l'Amour renverser les autels ?
» Ses flèches, son carquois, son arc, sont immortels.
» Quoi ! de l'Amour jamais je ne serai maîtresse ?
» Ne pourrais-je donc pas, trop faible, user d'adresse ?
» Ses flèches et son arc, les faire enfin servir
» A des jeux moins cruels, et, sans les lui ravir,
(La Sagesse, à mes vœux dans tous les temps propice,
M'inspire en ce moment l'innocent artifice)
En changer et l'usage et l'effet dans sa main ?
Je le peux, je l'ordonne. Elle dit, et soudain
Le bois divin de l'arc perd sa forme alongée ;
D'une part, c'est un cercle, et l'autre, prolongée,
S'adaptant à la main, l'invite à la saisir.
Bois sacré, c'est toujours l'instrument du plaisir.
Dans le milieu du cercle est la corde sonore,
Qui forme mille tours et qui résonne encore.
Chaque flèche aussitôt en balle s'arrondit,
Et comme auparavant sur la corde bondit.
Vainement à Cythère, on prend fort mal la chose,
L'Amour est satisfait de la métamorphose ;
A son ordre, la paix renait chez les amans,
Et la Fidélité reçoit tous ses sermens.

On dit qu'un faux Amour est resté dans le monde,
Causant à bien des cœurs une douleur profonde,

Escorté des Ennuis et de l'Oisiveté,
Faisant partout la guerre à la Fidélité,
Fréquentant les palais, se glissant sous le chaume;
Belles, donnez faveur à l'Amour de la Paume.

AINSI j'osais chanter la Paume et ses bienfaits.
Ce sujet, négligé par nos auteurs français,
Avait déjà su plaire à trois Muses latines.
Pétrone y consacra quelques lignes badines (17);
D'*Adisson*, de *La Sante*, il charma les loisirs :
J'aurai voué les miens à d'utiles plaisirs,
S'ils peuvent propager ce beau jeu dans la France!
Pour en nourir au moins la flatteuse espérance (18),
Ma raquette à ma lyre unira ses doux sons,
Je cours sur le terrain pratiquer mes leçons.

NOTES

DE LA PREMIÈRE PARTIE.

(1) S'il n'est question, dans cet éloge, que de la *longue-Paume*, et nullement de la *courte-Paume*, ou *Paume-fermée*, ce n'est pas que cette dernière ne soit aussi recommandable, sous tous les rapports; elle a même sur l'autre l'avantage de pouvoir se jouer dans toutes les saisons. Elle ne méritait donc pas moins les honneurs du panégyrique. La seule difficulté, c'est qu'il fallait à l'auteur plus de temps qu'il n'en peut donner à ses amusemens; mais l'exemple est donné, et l'on espère qu'un jour il sera suivi par quelque amateur de la courte-paume.

Etait-ce un véritable amateur de ce jeu, que le père *La Sante*, qui, vers le milieu du siècle dernier, composa ou fit composer par un de ses élèves, au collége de Louis-le-Grand, une pièce d'environ cent-soixante vers latins (elle fait partie du recueil intitulé *Musæ Rhetorices*, imprimé en 2 vol. *in*-8.°, à Paris, chez Barbou, en 1745), dans laquelle ce bon jésuite prétend nous donner l'origine de la coute-Paume?

» Clytemnestre, dit-il, entraînée par ses infames amours, » après avoir egorgé Agamemnon, son époux, jouissait paisiblement du fruit de ses crimes, lorsque Oreste, leur fils, » destiné à punir dans le sang de l'une le meurtre de l'autre, » arrive sous l'habit d'un étranger, pour mieux preparer » l'exécution de ses vengeances. Dans le palais du roi, » Egiste, coupable amant de Clytemnestre, se livrait à

» une joie effrénée, au milieu d'une foule de jeunes » Grecques. Oreste, sans se faire connaître, et sous le » prétexte de se divertir à chasser, environne de filets » cet affreux séjour. Bientôt, accompagné de Pylade, » qui, jusques-là, s'était tenu caché, il en fran- » chit l'enceinte, fond sur sa mère les armes à la main, la » la saisit, l'enlève de terre et l'y précipite avec fureur. Pour » empêcher qu'Egyste ne vienne au secours, Pylade l'en- » chaîne à une des colonnes de l'édifice, afin que de-là » l'exécrable adultère ait sous les yeux les traitemens réser- » vés à sa criminelle complice. Oreste poursuit le cours de » ses forfaits; il foule aux pieds sa mère, et, lui serrant » étroitement la gorge, il la jette loin de lui, comme pri- » vée de toute existence.

» Les jeunes filles fuient éperdues, les unes par les ou- » vertures qui servent à introduire le jour, les autres par » des issues où règne l'obscurité : toutes vont tomber dans » les filets.

» Cependant Clytemnestre conserve encore un souffle de » vie, et, d'une voix étouffée, implore assistance. Pylade » revient sur ses pas, et se dispose à l'achever: *Ah! Pylade! » Pylade!* lui dit-elle. A cette exclamation, Oreste accourt, » la ressaisit comme un forcené, et fait voler son corps, qui » va s'écraser contre les murs du palais; ils sont inondés » d'un sang corrompu.

» A peine la reine a-t-elle rendu le dernier soupir, qu'on » voit tout-à-coup s'opérer un prodige incroyable. Oreste » rassemblait ses membres épars pour les jeter dans un fleuve » voisin : soudain ils se convertissent dans sa main en une » balle; et, parce qu'en expirant Clytemnestre avait pro- » noncé : *Ah! Pylade! Pylade!* Les deux premières syl-

» labes de ce nom furent, dans la suite, consacrées à » exprimer en latin le mot *balle :*

» Et quoniam expirans clamaverat illa gemendo :
» Heu ! *Pylade, Pylade!* Pila nomine dicta latino est.

» Oreste, sentant cette balle dans sa main, la jette par » terre; elle fait aussitôt plusieurs bonds. Le fils d'Agamem- » non, épouvanté, hors de lui-même, croit voir et voit en » effet se teindre en noir les murailles contre lesquelles il » avait si impitoyablement fait voler le corps de sa mère. » Un repentir tardif s'empare de lui; il va pour délivrer les » jeunes Grecques prises dans ses filets. Mais, ô nouveau » prodige ! elles sont toutes devenues des balles. Sa fureur » redouble.

» Que fera Pylade pour calmer son ami ? Il lui vient » à l'idée de tirer le remède du mal même. Il imagine sur-le- » champ un jeu que depuis Rome, en l'admettant dans ses » exercices, a nommé *le Jeu de Paume.* Ami, dit-il à » Oreste, pourquoi ce désespoir ? Nous venons de triom- » pher d'un ennemi barbare, c'est un motif pour nous li- » vrer au plaisir plutôt qu'à la douleur. Viens, et jouons » ensemble à un jeu qui doit être un monument éternel de » notre victoire. Il dit, et prenant deux raquettes qui se » trouvaient-là par hasard (le hasard vient ici bien à pro- » pos), ils s'envoient alternativement, et de mille ma- » nières, la balle. Sous cette nouvelle forme, Clytemnestre » n'est pas moins tourmentée qu'elle l'était, de son vivant, » par les remords.

» Tout ceci se passait sous les yeux d'Egyste, qui, la rage » dans l'ame, sentait retentir au fond de son cœur chaque » coup dont la balle était frappée. Long-temps Oreste ba-

» lança pour le tuer aussi. Mais Pylade : nous avons, lui » dit-il, assez versé de sang ; il ne convient pas à des héros » de se souiller de celui d'un lâche. *Vis donc, perfide » séducteur, et porte long-temps le châtiment de ton » crime. Tu étais esclave d'Agamemnon, deviens valet » de paume ;* et c'est depuis lors qu'attachés au poteau de » la porte, les descendans d'Egyste sont les marqueurs qui » comptent les coups.

» Le jeu de paume s'est ainsi transmis jusqu'à nous ; » les murs de l'édifice où il se pratique sont noirs, garnis, » en certains endroits, de filets : ouvertures, grille, balles, » c'est aujourd'hui comme alors ; cependant (ajoute en finissant, le jeune rhétoricien, ou le jésuite, son professeur) « s'il s'élève quelques contestations quand nous joue» rons, qu'elles ne ressemblent point aux fureurs d'Oreste ».

Cette bizarre conception serait peu propre, ce me semble, à faire des prosélytes au jeu de la courte-paume ; mais ne sait-on pas qu'il est permis aux poètes de tout feindre, sans que cela tire à conséquence ?

(2) Sapientem decet interdùm remittere aciem rebus agendis intentam.

AUGUSTINUS *de Musis*.

(3) « Caton, après s'être vu préférer Sulpicius et Marcellus pour le consulat, ne changea rien à sa façon de vivre accoutumée. On le vit le jour même jouer à la longue-paume dans le Champ-de-Mars, comme il le faisait tous les jours après son dîner ».

Hist. rom. de ROLLIN, *tom. 13, p. 193, édit. in-12.*

(4) Là sa Muse évoquait Achille, Agamemnon;
Célébrait Dieu, le monde et ses lois éternelles,
Ou les règles du goût, ou les cheveux des belles.

Poëme des Jardins de DELILLE.

(5) Tytirus, et segetes, æneiaque arma legentur.

OVID., *Amor.*, *l.* I, 15, 25.

Protinùs Italiam concepit, et arma virumque,
Qui modò vix culicem fleverat ore rudi.

MARTIALIS, *lib.* 8, 56, 19.

(6) Voy. les Odes de Pindare à Hiéron, roi de Syracuse, vainqueur à la course équestre; à Théron, roi d'Agrigente; à Psaumis de Camarine, vainqueurs à la course des chars; au jeune Alcimédon, à son frère Thimosténès, vainqueurs à la lutte; et à Mélésias, leur maître de palestre. Qu'on juge, par la traduction d'une partie de cette dernière ode, de l'enthousiasme des anciens pour les jeux d'exercice:

« La même chose ne peut plaire à tous les humains; « mais que l'envie ne pousse pas contre moi ses vaines « clameurs, si je chante dans cette hymne la gloire que pro- « curent à Mélésias ses jeunes élèves. Il a remporté lui- « même, en sa première jeunesse, la victoire dans les « jeux néméens, et dans l'âge viril, il a été vainqueur dans « le combat du Pancrace.

« Il est facile à un maître instruit par sa propre expé- « rience de former d'habiles élèves; mais sans elle, il « serait insensé de vouloir l'entreprendre. Mélésias nous « montrera mieux que tout autre par quels travaux se « forme l'athlète qui, dans les jeux sacrés, doit mériter « la couronne. Alcimedon, le trentième de ses élèves qui « ait remporté la victoire, le comble de gloire en ce jour.

« Par son courage et par la faveur de Jupiter, il impose à « quatre jeunes athlètes un silence honteux, et les oblige « de retourner dans leur patrie, couverts d'opprobres et « d'ignominie : au contraire, il inspire à son ayeul pater- « nel une vigueur inconnue à la vieillesse, et ces heureux « succès lui font oublier facilement les approches du « trépas.

« Mais rappelons dans cette hymne le souvenir des an- « cêtres de ces deux jeunes héros qui furent six fois vain- « queurs dans ces combats. Ceux qui ne sont plus peuvent « encore partager notre gloire, et la poussière du tom- « beau n'ensevelit point pour nous la gloire de nos « aïeux », etc., etc.

(7) « Les deux fils d'Alcinoüs prennent un ballon de pourpre que Polybe leur a fait ; l'un, le corps renversé, les reins ployés, lance le ballon avec force : il semble toucher la nue ; l'autre, s'élevant avec justesse, le saisit avant qu'il touche la terre, et le renvoie ».

Huitième livre de l'Odyssée, traduction de M. GIN, *qui dit, dans une note :*

« Les anciens comprenaient entre les exercices de la gym- « nastique la danse du ballon ; car cet exercice se faisait en « cadence et au son des instrumens ».

(8) . . . . . Te quoque, maxime Python,
Tum genuit (tellus) : populisque novis, incognite serpens,
Terror eras ; tantùm spatii de monte tenebas.
Hunc Deus arcitenens, et nunquàm talibus armis,
Antè, nisi in damis, capreisque fugacibus usus,
Mille gravem telis exhaustâ penè pharetrâ
Perdidit, effuso per vulnera nigra veneno.
Neve operis famam posset delere vetustas,

Instituit sacros celebri certamine ludos
Pythia, perdomitæ serpentis nomine dictos.
Hic juvenum quicumque manu, pedibusve, rotâve
Vicerat, esculeæ capiebat frondis honorem.

OVID. *Metam.*, *liv.* 1, *f.* 13.

(9) « On a successivement augmenté et décoré le Gymnase du Lycée; on voit à l'entrée la statue d'Apollon, divinité tutélaire du lieu ».

Voyage du jeune Anacharsis, chap. 8.

« La lutte, le saut, la paume, tous les exercices du Lycée se retracèrent à nos yeux sous des formes plus variées, avec plus de force et d'adresse de la part des acteurs ».

Idem. page 351, *éd. in*-4.°, 1788.

L'origine de la statue, connue sous le nom d'*Apollon du Belvéder* étant ignorée, l'auteur croit pouvoir supposer que cette statue est la même que celle vue par Anacharsis, et qu'elle a été donnée par le dieu lui-même, aux Grecs, qui en furent dépouillés par les Romains, ainsi qu'on le pense communément. Nous possédons aujourd'hui cette image vraiment céleste d'un dieu chimérique.

(10) Arduus ad Boream mons tempestatibus horret,
Et Cererem planis imber suffocat in agris.

VANIÈRE, *Prædium rusticum*, *lib.* I, *v.* 92.

(11) Instant ardentes Tyrii: pars ducere muros,
Moliri que arcem, et manibus subvolvere saxa;
Pars optare locum tecto et concludere sulco.

ENEID., *lib.* I, *v.* 427.

(12) Mathias-Casimire Sarbieuski, jésuite polonais du seizième siècle, dont les poésies lyriques sont très-estimées, fait, dans une ode latine, cette belle comparaison entre

l'inconstance de la fortune et les bonds d'une balle qui tantôt fend l'air, et tantôt rase la terre.

> . . . . Occidet
> Quod surgit : sed adhuc surget et occidet :
> Ritu præcipitis pilæ,
> Quæ, cùm pulsa cavâ rejicitur manu,
> Nunc lenes secat Africos,
> Nunc terræ refugis absilit ictibus.
>
> *Liv.* I. *ode* 7.

A la fin du quatrième livre de l'Anti-Lucrèce, le cardinal de Polignac, pour réfuter le système de Spinosa, qui, comme Épicure, suppose le mouvement éternel et nécessaire, et pour prouver que le repos et le mouvement sont de simples modes ; que le corps, indifférent par lui-même, a besoin d'être mû par une cause supérieure, emprunte cette ingénieuse comparaison du jeu de courte-paume.

> Parietis offensu pila viribus acta resultat,
> Contorsit quam reticulo circùmundique tenso
> Strenuus in nigrâ Juvenis validusque palâ strâ :
> Èque solo, cum lapsa fuit, sursùm incita fertur.
> Quapropter ? Quoniam stratum pariesque resistunt,
> Acceptâ motùs aliquantâ parte ; pilamque
> Nonnil flexibilem (quo constat elastica virtus)
> Paulùm complanant ac firmâ mole retundunt.

» Une balle de paume, qu'un bras jeune et vigoureux pousse avec une raquette bien tendue, est réfléchie par la muraille, qu'elle frappe avec roideur, et se relève dès qu'elle a touché la terre. Pourquoi ? C'est que le mur et le pavé résistent, n'ayant reçu qu'une très-petite partie du mouvement; qu'ils aplatissent un peu la balle, qu'un tissu flexible rend élastique, et la repoussent par la solidité de leur masse ».

(13) Chacun de ces noms, qui, comme on le voit, sont de pure invention, se trouve approprié au caractère que l'on donne au joueur qui le porte, et chacun de ces caractères a été puisé dans les exemples que l'auteur a journellement sous les yeux.

VAFRIN, *Vafer*, fin, adroit, rusé:

LUDIPHILE, *Ludus*, jeu, φιλος, ami; c'est-à-dire, ami du jeu.

AGATHON, ἀγαθὸς, bon, brave à la guerre; c'est-à-dire, vaillant joueur.

PILORE, πιλος, balle, ὤρα, soin; c'est-à-dire, qui soigne la balle.

EUTROPHE, ευτροπος, de ἐυ, bien, et de τρεφω, je nourris; c'est-à-dire, bien portant.

ALTUS, grand, élevé; ayant, en conséquence, plus d'avantage pour jouer.

EUTON, εὔτονος, qui se développe bien, de ἐυ bien, et τείνω, tendo.

PALMIGÈNE, παλαμη Paume, et γένος enfant; c'est-à-dire, enfant de la paume.

PILANDRE, πίλος, balle, ἀνὴρ, homme; c'est-à-dire, homme de balle.

ROMALÉON, ῥωμαλέος, fort par excellence.

PODOQUE, πόδας ὠκὺς, léger à la course.

ALEXANDRE, ἀλέξω, je chasse, je repousse, ἀνὴρ homme de courage; c'est-à-dire, défenseur courageux.

(14) Est ardelionum quædam Romæ natio
Trepidè concursans, occupata in otio,
Gratìs anhelans, multa agendo nihil agens,
Sibi molesta et aliis odiosissima.

PHEDR., *Cæsar ad atriensem.*

(15) Ludere qui nescit campestribus abstinet armis,
Indoctusque pilæ, discive, trochive, quiescit,
Ne spissæ risum tollant impunè coronæ.

» Celui qui n'est pas fait aux exercices du Champ-de-» Mars en laisse manier à d'autres les instrumens. Quand » on ne sait pas jouer à la paume, au disque, au troque, » on se tient en repos, pour ne pas apprêter à rire à la foule » de spectateurs qui entourent le jeu ».

Horace, *Art poétique*, vers 379.

Il y a dix-huit cents ans qu'Horace donnait cette leçon aux joueurs de paume, ainsi qu'aux poètes.

(16) Cæsari omnia uno tempore erant agenda.... Iis difficultatibus erant subsidio scientia atque usus militum, quòd superioribus prœliis exercitati, non minùs commodè ipsi sibi præscribere quàm ab aliis doceri poterant.

» César se trouva alors avoir tout à faire en même-temps.... Ces difficultés étaient aplanies par la science et l'expérience des soldats, qui, exercés dans les combats précédens, n'étaient pas moins capables de se prescrire à eux-mêmes ce qu'il y avait à faire, que de l'apprendre des autres ».

Commentaires de César, *Guerre des Gaules*, *liv.* I.

On peut bien bien appliquer aux Français cet éloge, que César faisait de ses Romains.

(17) Fortior miles ex confragoso venit: segnis est urbanus et verna; nullum laborem recusant manus quæ ad arma ab aratro, aut *retiquettâ* transferuntur.

Seneca, *Epist.* 51.

(18) Qui studet optatam cursu contingere metam,
Multa tulit fecitque puer: sudavit et alsit,
Abstinuit venere et vino. . . . . .

» Le jeune homme qui aspire à remporter le prix de la course s'est donné bien des peines et bien de l'exercice; il a supporté le froid, le chaud; il s'est privé de tous les plaisirs ».

HORACE.

(19) Ipse dies agitat festos, fususque per herbam,
Ignis ubi in medio et socii cratera coronant,
Te libans, Lenæe vocat, pecorisque magistris
Velocis jaculi certamina ponit in ulmo,
Corporaque agresti nudat prædura palæstrâ.

Les fêtes, je le vois partager ses loisirs
Entre un culte pieux et d'utiles plaisirs;
Il propose des prix a la force, à l'adresse:
L'un déploie en luttant sa nerveuse souplesse;
L'autre frappe le but d'un trait victorieux,
Et d'un cri triomphant fait retentir les cieux.

VIRG., *Géorgiques*, *liv.* 2, *v.* 527. *traduction de* DELILLE.

(20) J'ai tort; les précieux avantages de l'exercice en faveur de l'estomac ne pouvaient échapper à l'aimable et judicieux auteur de la Gastronomie; mais en tête des moyens qu'il indique pour obtenir de l'appétit, que ne plaçait-il la Paume, dont l'effet à cet égard est infaillible? Voici ce qu'il dit à cette occasion:

D'un utile appétit munissez-vous d'avance;
Sans lui vous gémirez au sein de l'abondance.
Il est un sûr moyen d'acquérir ce trésor. . . . .
L'EXERCICE, messieurs, et l'EXERCICE encor.
Allez tous les matins, sur les pas de Diane,
Armé d'un long fusil, ou d'une sarbacane,
Épier le canard au bord de vos marais;
Allez, *etc.*

Gastronomie, *chant* 2e.

SECONDE PARTIE.

(1) Voltaire a dit :

Quittons les voluptés, pour savoir les reprendre.

(2) Neque enim quisquam hoc Scipione elegantiùs intervalla negotiorum otio dispunxit, semperque aut belli aut pacis inserviit artibus; semper inter arma aut studia versatus, aut corpus periculis, aut animum disciplinis exercuit.

» Personne ne savait mieux que Scipion entremêler le repos et l'action, ni mettre à profit avec plus de délicatesse et de goût les vides que lui laissaient les affaires; partagé entre les armes et les livres, entre les travaux militaires du camp et les occupations paisibles du cabinet, ou il fortifiait son corps par les exercices de la guerre, ou il cultivait son esprit par l'étude des sciences ».

VELLEIUS PATERCULUS. I. 13.

(3) Ecoutons J. J. Rousseau, qui, parmi tant d'erreurs, a proclamé des vérités :

» L'homme, en général, n'est pas fait pour rester toujours dans l'enfance; il en sort au moment prescrit par la nature; et ce moment de crise, bien qu'assez court, a de longues influences.

Comme le mugissement de la mer précède de loin la tempête, cette orageuse révolution s'annonce par le murmure des passions naissantes; une fermentation sourde avertit de l'approche du danger : un changement dans l'humeur, des emportemens fréquens, une continuelle agitation dans l'esprit, rend l'enfant presque indisciplinable », *etc.*, *etc.*

EMILE, *tome 2*, *liv. 4*, *p. 107*. *Amsterdam*, *1762*.

Quand

« Quand un enfant joue au volant, il s'exerce l'œil et le bras à la justesse; quand il fouette un sabot, il accroît sa force en s'en servant, mais sans rien apprendre. J'ai demandé quelquefois pourquoi l'on n'offrait pas aux enfans les mêmes jeux d'adresse qu'ont les hommes: la paume, le mail, le billard, l'arc, le ballon. On m'a répondu que quelques-uns de ces jeux étaient au-dessus de leurs forces, et que leurs membres et leurs organes n'étaient pas assez formés pour les autres. Je trouve ces raisons mauvaises. Un enfant n'a point la taille d'un homme, et ne laisse pas de porter un habit fait comme le sien. Je n'entends pas qu'il joue avec nos masses sur un billard haut de trois pieds; je n'entends pas qu'il aille peloter dans nos tripots, ni qu'on charge sa petite main d'une raquette de paumier; mais qu'il joue dans une salle dont on aura garanti les fenêtres; qu'il ne se serve que de balles molles; que ses premières raquettes soient de bois, puis de parchemin, et enfin de corde à boyau. Vous préférez le volant, parce qu'il fatigue moins et qu'il est sans danger. Vous avez tort par ces deux raisons: Le volant est un jeu de femme; mais il n'y en a pas une que ne fît fuir une balle en mouvement. Leurs blanches peaux ne doivent pas s'endurcir aux meurtrissures, et ce ne sont pas des contusions qu'attendent leurs visages. Mais nous, faits pour être vigoureux, croyons-nous le devenir sans peine? Et de quelle défense serons-nous capables si nous ne sommes jamais attaqués? On joue toujours lâchement des jeux où l'on peut être mal-adroit sans risque; un volant qui tombe ne fait de mal à personne; mais rien ne dégourdit les bras comme d'avoir à couvrir la tête; rien ne rend le coup-d'œil si juste que d'avoir à garantir les yeux: s'élancer d'un bout du jeu à l'autre, juger le bond d'une balle encore en l'air, la renvoyer d'une main forte et sûre, de tels jeux conviennent moins à l'homme, qu'ils ne servent à le former ».

EMILE, *tome* 1, *p.* 257.

(4) » Dès qu'on voudra mettre en honneur les jeux d'exercice et d'adresse, les cartes, les dez, les jeux de hasard tomberont infailliblement ».

J.-J. ROUSSEAU, *lettre sur les spectacles, t.* 3, *p.* 166.

(5) Fluxit in hos juvenum nunc mollis inertia mores:
Deseruere *pilam*, simulacraque ludicra pugnæ,
Et celeres in equo cursus: non flumina nando
Trajicere et duris juvenilia membra palæstris
Exercere juvat, pictis sed ludere chartis,
Concertare scyphis, mimoque obscœna jocanti
Plaudere, vel satyri risus captare dicacis,
Proque tubâ mollem chelyn, et peccare docentes
Historias, vel quos moriendo cygnea cantant
Ora tragœdorum querulos audire dolores.
Vestitu indulgent muliebriter, oraque fuco
Dedecorant, speculumque magis quàm ferrea tractant
Tela manu, *etc.*, *etc.*

Ex Prædio rustico J. VANIERII, *lib.* 14, 1784, *Barbou.*

Plaute, dans sa comédie intitulée *Bacchides*, introduit sur la scène un jeune homme qui a encore son précepteur, mais qui commence à secouer le joug et à se moquer tellement de son maître, que celui-ci est forcé de se plaindre au père de l'élève :

» Non, lui dit-il, ce n'est pas-là l'éducation d'autrefois :
» vous-même, avant l'âge de vingt ans accomplis, n'avez
» pas fait un pas sans votre précepteur ; il vous fallait tous

» les jours être rendu à la palestre avant le lever du soleil, » ou sinon, le préfet du Gymnase vous punissait très-sévè» rement..... Là, les jeunes gens s'exerçaient à courir, à » lutter, à sauter, à lancer le javelot et le disque, à jouer » à la paume. Ils passaient leurs premières années dans » ces exercices salutaires, et non pas dans de mauvais lieux ».

Eadem-ne erat hæc disciplina tibi cùm tu adolescens eras?
Nego tibi hoc annis vigenti fuisse primis copiæ
Digitum longè à pædagogo pedem ut efferres ædibus.
Ante solem exorientem nisi in palæstram veneras,
Gymnasii præfecto haud mediocres pœnas penderes....
Ibi, cursu, luctando, hastâ, disco, pugillatu, pilâ,
Saliendo, sese exercebant magis quàm scorto aut saviis.

PLAUT. *act.* 3, *sc.* 3.

A deux mille ans de distance, chez les deux premiers peuples du monde, deux poètes également célèbres ont attribué le relâchement des mœurs à l'abandon des jeux d'exercice.

(6) Sed in magnâ copiâ rerum, aliud aliis natura iter ostendit.

SALLUSTII *Catilina*.

(7) Réminiscence, ce vers est de Racine:

« Il excelle à conduire un char dans la carrière ».

(8) Terrarum dominos evehit ad Deos.

HOR. *od.* I, *l.* I.

(9) Delille a dit:

Prodigue de génie, et non pas de dépense.

(10) » Tous ceux qui ont réfléchi sur la manière de vivre

des anciens attribuent aux exercices de la gymnastique cette vigueur de corps et d'ame qui les distingue le plus sensiblement des modernes. La manière dont Montaigne appuie ce sentiment montre qu'il en était fortement pénétré. Il y revient sans cesse et de mille façons. En parlant de l'éducation d'un enfant : pour lui roidir l'ame, dit-il, il faut lui roidir les muscles; en l'accoutumant au travail, on l'accoutume à la douleur. Il faut le rompre à l'âpreté des exercices pour le rompre à l'âpreté de la dislocation, de la colique et de tous les maux Le sage Lock, le bon Rollin, le savant Fleury, le pédant Crouzas, si différens entre eux dans tout le reste, s'accordent tous en ce seul point d'exercer beaucoup le corps des enfans; *c'est le plus judicieux de leurs préceptes; c'est celui qui est et qui sera toujours le plus négligé* ».

EMILE, *tome 1, p. 207.*

» Si l'on compare la force des hommes anciens à celle des hommes d'aujourd'hui, on n'y trouve aucune espèce d'égalité. Nos exercices de l'académie sont des jeux d'enfans, en comparaison de ceux de l'ancienne gymnastique. *On a quitté la paume comme trop fatigante.* On ne peut plus voyager à cheval. Je ne dis rien de nos troupes. On ne conçoit plus les marches des armées grecques et romaines. Le chemin, le travail, le fardeau du soldat romain fatigue seulement à le lire, et accable l'imagination. Le cheval n'était pas permis aux officiers d'infanterie. Les Romains étaient les hommes les plus petits et les plus faibles de tous les peuples d'Italie, et cette différence était si grande, dit Tite Live, qu'elle s'apercevait au premier coup-d'œil dans les troupes des uns et des autres. Cependant l'*exercice* et la discipline prévalurent tellement sur la nature, que les faibles firent ce que ne pouvaient faire les forts, et les vainquirent ».

Rousseau, *lettre à d'Alembert sur les spectacles*, *p.* 154.

Les temps sont changés. *Rousseau* rabattrait un peu de son admiration exclusive pour les Romains, depuis nos derniers triomphes. Mais ses argumens en faveur de l'exercice, n'en restent pas moins dans toute leur force.

(11) » Un grand nombre de citoyens romains venaient dans le Champ-de-Mars pour s'y promener, pour y jouer à la paume ou au ballon. Les plus grands capitaines de la République, tels que Marius, Pompée, J. César et beaucoup d'autres, ne dédaignaient pas de s'y rendre, non-seulement pour encourager les jeunes gens par leur présence, mais pour y prendre de l'exercice, et faire montre de leurs forces et de leur adresse dans l'âge même le plus avancé ».

Diction. des Antiq. grecq. et rom., par Furgault, *art.* Champ-de-Mars. *Voy. le même, aux articles* Education *et* Exercices, *et le 5.e vol. de l'Hist. ancienne de* Rollin, *à l'art.* Jeux *et* Combats.

» Les exercices qu'on pratique dans les gymnases sont ordonnés par les lois, soumis à des régles, animés par les éloges des maîtres, et plus encore par l'émulation qui subsiste entre les disciples. Toute la Grèce les regarde comme la partie la plus essentielle de l'éducation, parce qu'ils rendent un homme agile, robuste, capable de supporter les travaux de la guerre et les loisirs de la paix. Considérés par rapport à la santé, les médecins les ordonnent avec succès. Relativement à l'art militaire, on ne peut en donner une plus haute idée qu'en citant l'exemple des Lacédémoniens. Ils leur dûrent autrefois les victoires qui les firent redouter des autres peuples, et, dans ces derniers temps, il a fallu, pour les vaincre, les égaler dans la gymnastique ».

Voyage du jeune Anacharsis, *chap. 8.*

» L'homme civilisé, dit Buffon, ne connaît pas ses forces; il ne sait pas combien il en perd par la mollesse, et combien il peut en acquérir par l'habitude d'un fort exercice ».

Hist. naturelle de l'homme, tome 4, p. 331.
Edit. in-12 du Louvre.

» Les Athéniens donnèrent un témoignage signalé de l'estime qu'ils faisaient de la sphéristique, en accordant le droit de bourgeoisie, et en élevant des statues à Aristonique Carystien, joueur de paume, et qui excellait dans cet exercice ».

Encyclop. art. Sphéristique.

(12) Voyez la fin du Discours Préliminaire, p. 91.

(13) Je crois faire plaisir aux amateurs de la belle poésie latine en donnant ici une jolie description du *jeu de Boule*, par Adisson; elle est tirée du recueil de ses poésies, imprimé à Londres en 1722.

SPÆRISTERIUM.

Hic, ubi graminea in latum sese explicat æquor
Planities, vacuoque ingens patet area campo,
Lignea percurrunt vernantem turba palæstram

Uncta, nitens oleo, formæ quibus esse rotundæ
Artificis ferrum dederat, facilisque moveri.
Ne tamen offendant incauti errore globorum
Quæque suis incisa notis stat sphæra....

Postquàm ideò in partes turbam distinxerat æquas
Consilium aut sors, quisque suis accingitur armis.
Evolat orbiculus, quæ cursum meta futurum
Designat; jactique legens vestigia, primam
Qui certamen init sphæram demittit. At illa
Leniter effusa, exiguum quod ducit in orbem
Radit iter, donec sensim primo impete fesso
Subsistat; subitò globus emicat alter et alter.

Mox ubi funduntur latè agmina crebra minorem
Sparsa per orbiculum, stipantque frequentia metam,
Atque negant faciles aditus; jam cautiùs exit,
Et leviter sese insinuat revolubile lignum.
At si fortè globum qui misit spectat inertem
Serpere et impressum subitò languescere motum,
Ponè urget sphæræ vestigia, et anxius instat,
Objurgat que moras, currentique imminet orbi,
Atque ut segnis honos dextræ servetur, iniquam
Incusat terram ac surgentem in marmore nodum.

Nec risus tacuere, globus cùm volvitur actus
Infami jactu, aut nimiùm vestigia plumbum
Allicit, et sphæram à recto trahit insita virtus.
Tùm qui projecit, strepitus effundit inanes,
Et variam in speciem distorto corpore, falsos
Increpat errores, et dat convicia ligno.
Sphæra sed, irarum temnens ludibria, cœptum
Pergit iter, nullisque movetur surda querelis.

Illa tamen laudes summumque meretur honorem
Quæ non dirumpit cursum absistitque moveri,

Donec, turbam inter crebram dilapsa, supremum
Perfecit stadium et metâ inclinata recumbit.
Hostis at hærentem orbiculo detrudere sphæram
Certat, luminibusque viam signantibus, omnes
Intendit vires et missile fortiter urget :
Evolat adducto non segnis sphæra lacerto.

Haud ita prosiliens Eleo carcere, pernix
Auriga invehitur, cùm, raptus ab axe citato,
Currentesque domos videt et fugientia tecta.

Si tamen in duros, obstructa satellite multo,
Impingat socios, confundatque orbibus orbes,
Tùm fervet bilis, fortunam damnat acerbam,
Atque Deos atque astra vocat crudelia.....

Si verò incursus faciles, aditumque patentem
Inveniat, partoque hostis spolietur honore,
Turba fremit confusa, sonisque frequentibus : *Euge*,
Exclamant socii, plausu strepit omne viretum.

» Dans un champ spacieux et libre, dont le sol aplani et couvert de gazon s'étend au loin, roulent, sur une arène lisse, une infinité de globes en bois bien luisant, auxquels un fer artistement employé a donné cette forme ronde pour les rendre plus mobiles. Les joueurs gravent sur leurs boules une marque particulière, pour ne pas les confondre. Dès que, par convention ou en tirant au sort, on s'est divisé en deux nombres égaux, chacun prend ses armes. En avant, vole au hasard une bille pour servir de but. Celui qui doit commencer la partie observe attentivement quelle direction elle prend, pour la suivre, et, le premier, pousse sa boule. Mollement balancée, elle s'échappe de ses mains, décrit un petit cercle, et parcourt légèrement sa route, jusqu'à ce que son premier essor venant peu-à-peu à se ralentir, elle s'arrête : aussitôt chaque autre lui succède.

Quand un grand nombre de boules entourent le but, et lui faisant, pour ainsi dire, un rempart, en rendent les approches plus difficiles, il faut alors plus de précaution pour s'introduire doucement auprès de lui.

Un joueur voit-il sa boule se traîner languissamment et ralentir tout-à-coup le mouvement qu'il lui a imprimé, il la suit pas à pas, s'agite autour d'elle, lui reproche sa lenteur, et voudrait par ses menaces hâter sa marche tardive; pour sauver son honneur, il accuse les inégalités du terrain et les monticules qui se sont rencontrés.

On entend rire, lorsqu'une boule reste honteusement en route, ou qu'entraînée par son propre poids, elle prend une fausse direction. Celui qui l'a poussée se répand bruyamment en vaines plaintes, fait mille contorsions, peste après les écarts de sa boule et l'accable d'injures. Au mépris de ce courroux, la boule poursuit le chemin qu'elle a pris, sourde à toute lamentation.

Mais les éloges et la gloire sont réservés à celle qui, sans se déranger ni se ralentir, passe à travers toutes les autres, achève victorieusement sa course et vient se reposer sur le but. Vîte un adversaire se dispose à l'en chasser de force; des yeux il mesure l'espace, calcule ses efforts, et saisit fortement sa boule. Elle vole, lancée par un bras vigoureux. Tel, en Elide, un Automédon s'élançait de la barrière, emporté rapidement sur son char, et voyait tout fuir, tout disparaître à ses yeux. Si, au lieu de la boule ennemie qu'il ajustait, le joueur attrape celles de ses partenaires, et occasionne un dérangement désavantageux, il entre en colère, crie au malheur, et s'en prend à la nature entière. Mais s'il réussit et trouve le moyen d'enlever à la partie adverse la gloire qu'elle s'était acquise, un murmure d'approbation se fait entendre; on applaudit: *Bravo*, disent ses compagnons, et toute la galerie de faire chorus».

(14) A cette époque désastreuse où l'éducation n'étant plus comptée pour rien, la plupart des colléges de Paris furent changés en salles de club, d'autres en prisons, d'autres en casernes, etc.

(15) Le Collége Mazarin, une des plus redoutables prisons d'alors.

(16) Loin de moi l'idée de m'écrier avec Properce, *liv. 3, Elég. 14*:

Multa tuæ, Sparte, miramur jura palæstræ,
Sed mage virginei tot bona gymnasii,
Quòd non infames exercet corpore ludos
Inter luctantes nuda puella viros,
Cùm *pila* veloci fallit per brachia jactu.

Nous avons, chez nous, trouvé le moyen de concilier la décence avec la pratique d'un exercice salutaire; et, sans vouloir offrir d'exemple, je dirai seulement qu'on voit des dames jouer à la courte-paume avec toutes les graces de leur sexe, et toute la modestie que pourrait exiger le plus austère moraliste. Et pourquoi n'y joueraient-elles pas aussi bien qu'au volant, qui ne diffère de la Paume, que par un peu plus de légèreté dans les instrumens, et moins de méthode dans la pratique du jeu?

Plus heureux dans l'origine qu'il prête au *jeu de volant*, que dans celle de la *courte-paume*, le Père La Sante, ou un de ses élèves, suppose, dans un autre petit poème latin, faisant partie du recueil déjà cité, qu'un Amour, fils de Vénus et d'un mortel, entre un jour, en étourdi, dans la demeure de Diane : « Là, le jeune téméraire ose s'armer d'une flèche, et fait mine d'en vouloir percer les compagnes de la chaste Déesse. Il accompagne l'insulte d'un rire moqueur. A la seule vue des armes sacriléges, les nymphes éprouvent une frayeur mêlée d'indignation : *le petit brigand*, s'écrient-elles, *il en veut à notre honneur !*

Aussitôt elles se précipitent sur cet Amour, plus imprudent que coupable, et qui leur voulait faire plus de peur que de mal : elles le frappent, le meurtrissent sans pitié, se le renvoient l'une à l'autre, le tourmentent et l'accablent, au point que l'infortuné tombe sous leur coups, victime de sa folle audace.

Une de ces nymphes cruelles, pour ériger un monument à leur victoire, enlève du carquois le morceau de liége qui en formait le fond, perce plusieurs trous autour de la partie qui présente une surface unie, et, arrachant les plumes que l'Amour portait aux ailes, elle les fixe sur ce liége, et fabrique ainsi le premier volant, emblême, ajoute le galant Père La Sante, de la légèreté du beau sexe.

L'arc est aussi transformé en raquette, et de-là s'est répandu chez les humains le jeu do volant ».

(17) Des érudits m'ont assuré qu'il existait une petite pièce de vers intitulée : *Pila lusoria*, qu'on devrait trouver, mais que je n'ai pu découvrir dans les *Catalecta*, à la suite des satyres de Pétrone, auquel on l'attribue. Le temps

m'ayant manqué pour pousser plus loin mes recherches j'ai seulement pris note de l'avis :

(18) Cette espérance commence à se réaliser. Déjà le jeu de longue-paume est pratiqué avec succès, non seulement à Paris, mais encore à

Soissons.	Mont-Didier.	Meaux.
Amiens.	Clermont.	Château-Thierri.
Chantilly.	Brême.	Coulommiers.
Compiègne.	Roye.	Arpajon.
Beauvais.	Meulan.	La-Ferté-Alais.
Pontoise.	Beaumont-sur-Oise.	Rouen.
St. Germ.-en-Laie.	Ecouen.	Dourdan.
Senlis.	L'Isle-Adam.	Estampes.
Péronne.	Ermenonville.	Mante.

RÈGLES GÉNÉRALES

DU JEU

DE LA LONGUE-PAUME.

AYANT fait connaître, au commencement de cet écrit, les différentes manières dont on jouait à la paume chez les anciens, je dois, avant de finir, ne pas laisser ignorer comment elle se pratique aujourd'hui parmi nous. Après la charmante description qu'on en a lue dans la thèse du Docteur *Bellot*, après ce que j'ai dit moi-même dans la partie poétique de ce petit ouvrage, tant sur le choix et la préparation d'un emplacement propre a établir un jeu, que sur les préceptes bons à suivre dans l'exercice lui-même, il ne me reste ici, pour compléter ce traité de la longue-paume, qu'à donner les principales règles qu'un usage constant a établies, et que la tradition conserve.

Comme cet art à son langage particulier ainsi que tous les autres arts, je terminerai par l'explication des divers termes qu'on emploie à la paume.

Du Pelotage.

Peloter, c'est se renvoyer simplement la balle sans suivre aucune des règles du jeu, pour passer le temps sans but, ou pour attendre qu'il se forme une *partie.*

De la Partie.

La partie, est le jeu même : on y est astreint à des règles qui demandent de l'adresse et du raisonnement, un coup-d'œil prompt et beaucoup d'agilité : on exerce un art qui a ses difficultés, et dans lequel il faut du talent pour réussir.

Il est de règle que ceux qui s'amusent à peloter cèdent leur place à ceux qui veulent jouer partie, à moins que, par arrangement, ils n'entrent dans la partie.

Les parties se font depuis deux jusqu'à douze joueurs, c'est-à-dire, seul à seul, ou un contre deux (ce qui s'appelle faire LA

CHOUETTE), ou deux contre deux; trois contre trois ; quatre contre quatre ; cinq contre cinq ; six contre six, jamais davantage. Chaque partie est au moins de quatre jeux ; mais quand on est plus de trois contre trois, elle est d'un nombre de jeux égal à celui des joueurs de chaque côté, plus un ; c'est-à-dire, qu'à la partie de quatre contre quatre, il faut, pour gagner, avoir cinq jeux ; à celle de cinq contre cinq, il en faut six ; à celle de six contre six, six jeux suffisent. Dans toutes ces parties il est possible, et il arrive même souvent que le nombre des jeux s'augmente à l'infini par suite des *à deux*, qu'on expliquera plus bas.

Chaque jeu est de 60 points, dont chaque coup vaut 15 points. On peut donc avoir un jeu en quatre coups décidés, en les gagnant de suite; cependant il est rare qu'un côté gagne toujours ses jeux en quatre coups, à moins que l'autre ne fût si faible, qu'il ne pût parvenir à gagner un seul coup dans la partie, ce qu'on peut dire n'arriver presque jamais : ces parties seraient bien fastidieuses pour le côté gagnant, quoiqu'elles fussent bientôt terminées ; mais on tâche de s'assortir d'apeu-près égale force ; alors on jouera bien plus de coups avant de gagner ou de perdre. Je suppose qu'un côté ait gagné *quinze* au premier coup, l'autre gagne *quinze* au second coup, on dit *quinze à un ;* le premier côté encore *quinze,* qui fait *trente ;* l'autre *trente à un* ; le premier encore *quinze,* qui fait *quarante-cinq :* le coup d'après gagné par l'autre se dit : *à deux ;* le coup d'ensuite qui gagne se dit : *avantage ;* l'autre gagne : *à deux. Avantage* d'un côté, *à deux* de l'autre, augmente encore le nombre des coups, jusqu'à ce que le dernier qui a *avantage* gagne tout de suite le coup d'après ; alors il a *jeu :* quelquefois le jeu n'est pas encore gagné au bout de douze coups, et plus. Faire des *chasses*, les tirer, les défendre, alonge le jeu : cette dernière circonstance demande à être expliquée le plus clairement qu'il sera possible.

Une des premières lois du jeu est de reprendre la balle qui vous est envoyée, ou de *volée*, c'est-à-dire, en l'air, avant qu'elle ait touché la terre, ou quand elle y a fait

son

son prèmier bond ; il n'est plus temps de la prendre à son second bond, et l'endroit dans le jeu où elle touche terre pour la deuxième fois, si on l'arrête à l'endroit même, est ce qu'on appelle une *chasse ;* je dis, si on l'arrête à l'endroit même, parce que, tant que la balle roule et gagne du terrain sans avoir touché les limites, la *chasse* s'alonge d'autant, et ce n'est qu'à l'endroit où elle est arrêtée, avant d'avoir dépassé le lieu du *tirer*, que le marqueur plante l'un de ses deux petits piquets, rouge, ou bleu, pour indiquer la *chasse.*

Une *chasse* est donc faite : *à la partie de tout le jeu,* depuis le *tirer,* lorsqu'une fois l'on a servi, jusqu'à l'autre bout du terrain ; *à la partie limitée,* dans l'un des deux espaces compris depuis la corde jusqu'à la ligne placée dans chaque bout, parallèlement à la corde, par-dessus laquelle la balle doit passer en l'air, et non en roulant par terre, comme cela se fait dans l'autre partie.

La *chasse* faite ne cause ni perte ni gain ; ce n'est que lorsqu'on la *tire* qu'on peut la gagner ou la perdre, et on ne peut la *tirer* que lorsqu'on est *passé*, c'est-à-dire, lorsqu'on a changé de côté; et même on ne *passe* que pour *tirer* et *défendre* les *chasses ;* alors les joueurs qui étaient au fond du jeu vont prendre la place de ceux qui étaient de l'autre côté, et réciproquement.

Tirer une *chasse*, est essayer de la gagner : on la gagne, en ménageant son coup, de façon que le second bond de la balle que l'on envoie se fasse au-delà du lieu où la *chasse* a été faite ; on la perd, s'il se fait en-deçà : mais s'il tombait exactement sur la ligne de la *chasse*, le coup serait *à remettre*, c'est-à-dire, à recommencer.

Défendre une *chasse*, c'est reprendre, avant son second bond, la balle de celui qui la *tire*, quand on juge qu'il peut la gagner; car lorsqu'on prévoit que le second bond se fera en-deça de la chasse, le joueur habile ne s'avise pas de la reprendre ; et si la chose arrive comme il l'a prévue, la *chasse* est perdue pour le tireur, et il gagne *quinze* sans jouer.

Dès qu'il y a deux *chasses* faites dans

un jeu, on passe, si aucun des deux partis n'a 45; mais si l'un ou l'autre a *quarante-cinq*, on passe à une *chasse* faite.

A la partie limitée, le sort de celui qui *tire* une *chasse* est à plaindre, car il la perd dans tout le jeu de paume, depuis l'endroit où est la chasse, jusqu'à lui : s'il met la balle en-deça de la corde, en servant, il la perd; s'il la met dessus, comme il y est obligé, mais qu'elle n'aille point jusqu'à la chasse, il la perd encore; et enfin, il la perd s'il envoie sa balle au-delà de la ligne qui limite le jeu par le bout. Il ne peut donc la gagner que depuis l'endroit de la chasse, jusqu'à cette ligne : aussi les chasses les plus avantageuses sont les plus près de la corde et sur la corde même; l'espace en sa faveur est plus grand. Au contraire, il devient plus petit à mesure qu'elles approchent de chaque ligne du bout du jeu, et il ne peut gagner une chasse touchant à cette ligne, que par un bonheur ou une adresse rares.

Comme les joueurs, de part et d'autre, se placent dans le jeu à d'assez grandes distances, que la perte ou le gain dépend des endroits ou tombe la balle, et qu'occupés à attaquer, ou à se défendre, ils auraient de la peine à les remarquer bien exactement, ce qui donnerait lieu à des disputes sans fin, on est convenu de s'en rapporter à un garçon du jeu, qui se nomme le *marqueur*. Ce marqueur circule autour du terrain, pour observer si les balles tombent ou dehors ou dedans; si elles sont prises *bonnes*, c'est-à-dire, du premier bond, ou *doublées*, c'est-à-dire, du second ou troisième bond, par les joueurs, qui sont quelquefois eux-mêmes incertains de la vérité. Son office est de prononcer à haute voix la perte ou le gain; d'annoncer où est la chasse; enfin, de compter le jeu. C'est aussi lui qui marque le nombre des jeux qui se prennent de part et d'autre, et même celui des parties; il les écrit, à cet effet, sur un petit calepin qu'il porte à la main.

Il se fait aider de deux ou trois *ramasseurs*, pour que les balles qui sont sans cesse jetées de côté et d'autre, à un grand éloignement du lieu d'où l'on *tire*, y soient aussitôt rapportées.

J'ai omis de dire, au commencement de cet article, que, lorsque les joueurs sont assemblés dans le jeu, avant tout, on *tire* le *service ;* ce qui se fait en jetant une raquette de façon qu'en tournant en l'air, elle retombe à terre, au hasard, sur un côté ou sur l'autre : le côté des cordes qui est plat, c'est-à-dire, où il n'y point de nœuds, se nomme *le droit*, l'autre côté où les nœuds paraissent se dit *le nœud.* Le joueur qui voit tomber la raquette dit : *droit*, ou *nœud.* Si, quand elle est à terre et qu'il a pris *droit*, par exemple, elle se trouve du côté des *nœuds*, c'est celui qui a jeté la raquette qui gagne le *service*, c'est-à-dire, qui servira la balle à l'autre, et *vice versâ.* Chaque joueur sert à son tour ; c'est ordinairement le plus habile qui commence, et ainsi de suite, dans l'ordre de la supériorité reconnue de chacun.

L'endroit du *tirer*, ou *service*, est indiqué par un petit morceau de drap fixé en terre par un clou. Le *tirer* s'avance ou se recule à volonté, et selon la force du vent, à l'opposé duquel il se place toujours.

Des Avantages.

La partie se dit être *but à but*, quand les joueurs, se sentant d'égale force, ne se font aucun *avantage*; mais, lorsque la partie n'est pas égale, c'est-à-dire qu'il se trouve des joueurs plus faibles, les plus habiles, pour rendre la partie égale, leur accordent des *avantages* plus ou moins grands.

Rendre demi-quinze ou *demi-trente*, c'est donner à quelqu'un la liberté de prendre *quinze* en deux jeux; ou *quinze* à un seul jeu, et *trente* à l'autre.

Rendre *quinze*, *trente*, *quarante-cinq*, c'est donner un, deux ou trois *quinzes* par chaque jeu.

Donner *bisque*, c'est laisser prendre un *quinze* à volonté dans toute la partie.

Deux, trois, quatre *bisques*, sont autant de *quinze* de même nature : il n'est plus temps de prendre ses bisques sur un coup terminé; aussi, est-ce un résultat de l'intelligence, et souvent même d'une grande expérience du joueur, de savoir prendre une *bisque* à propos.

Les autres *avantages* raisonnables que l'on peut faire, sont :

1.° De s'astreindre à enlever tous les coups par-dessus la *corde*, tandis que l'autre parti peut faire rouler la balle sur terre, de ses pieds, soit pour faire, soit pour gagner une *chasse*. Cet avantage est estimé valoir *demi-trente*, et même *trente*.

2.° De jouer tous les coups de *volée*.

3.° De les jouer tous du *revers de la raquette*.

4.° De jouer d'*un côté du jeu*. On partage le jeu en deux, par une lisière, dans toute sa longueur, et comme il l'est déjà dans sa largeur par la ligne qui porte le nom de *corde* : le joueur qui fait cet immense avantage n'a que le quart du jeu pour placer la balle bonne.

5.° De jouer *dans les quatre lisières*. On établit dans chaque bout du jeu, et parallèlement à la corde, deux lisières, à 6, 8 ou 10 pas de distance des deux lignes qui bornent le jeu, à la partie limitée ; c'est dans cet espace seul que le plus fort peut faire tomber la balle, établir et gagner des chasses.

6.° Enfin de jouer avec un battoir, un bâton équarri, etc. pendant que le plus faible joue avec la raquette.

Ces sortes de parties ne sont ni nobles ni amusantes ; elles servent seulement à faire voir que la paume est un art dont les difficultés ne peuvent être bien senties que de ceux qui le pratiquent : mais ces difficultés sont la source du plaisir qu'on y trouve.

Termes du jeu, et les principaux coups.

Servir ou *tirer :* c'est commencer le coup.

Tenir le fond : c'est être derrière les autres joueurs, tout au bout du jeu. Il ne peut y avoir qu'un *fond* de chaque côté.

Place de la demi-volée : c'est celle qui vient après le *fond*, en approchant de la corde :

elle oblige souvent à *jouer la volée.* Aux parties de 3, 4 et 5, il n'y a, de chaque côté, qu'une *demi-volée ;* à la partie de 6, il y en a deux.

Le *tiers :* c'est la place la plus voisine de la corde ; à la partie de 3, il y a un tiers ; à celle de 4, il y en a 2 ; à celle de 5 et de 6, il y en a 3. *Tiercer,* est arrêter la balle, soit au bond ou à la volée, soit même en roulant, ou pour faire une chasse, ou pour la gagner.

Mettre dessous : est jouer la balle trop bas, et de façon qu'elle fasse son premier bond avant d'avoir passé la corde.

Prendre la volée, ou *se porter à la volée :* c'est renvoyer la balle avant qu'elle ait touché terre.

Entre-bond (jouer la balle à l') : c'est la jouer presqu'en même temps qu'elle a touché terre la première fois.

Bonne : expression du marqueur, qui signifie que la balle a été reprise avant son second bond, ou qu'elle est tombée dans le jeu, et non dessous ou dehors.

La balle porte : signifie que la balle va faire un bond étendu.

Juger la balle : c'est prévoir l'effet qu'elle doit faire.

Hasard : est un bond inattendu, ou même un bond nul.

Le *coup coupé :* consiste à prendre la balle de façon à lui donner un mouvement de rotation sur elle-même; elle fait peu d'effet en tombant.

Le *coup tourné :* se fait quand on coupe la balle de façon qu'elle décrive en l'air une ligne oblique.

La plupart des termes suivans portent avec eux leur signification, ou l'ont déjà reçue par ce qui a été dit :

Arrière-main.
Appuyer sur le vent.
A deux de jeu — sans passer.
A remettre.
Arrêter la balle.
Quitter à moitié de frais.
Bonne, si elle entre.
Brasser, c'est *déployer trop le bras.*
Garder le quinze.
Gallerie.
Lâcher la main.
— La raquette.
— La balle.
Limites.
Partie limitée.
Marquer.
Montans.

Corde.	Mazette.
Chasse.	Opposer la raquette.
Couper la balle, la doubler.	Placer la balle.
Donner beau.	Prendre le défaut.
Défi.	Rachat; contre rachat.
Entre deux airs.	Raquette ouverte — tendue.
Empaumer.	Serrer la main — le petit doigt.
Être touché.	Serrer les limites.
Enlever le tiers.	Coup croisé.
Effet, faux — nul.	Se placer.
Etançon.	Se développer.
Filer.	Toucher à deux — deux fois.
Forcer le quinze.	Prendre de la tête.

A la nomenclature des termes techniques du jeu de paume, je pourrais, s'il était nécessaire, ajouter celle des expressions figurées dont il a eu la gloire d'enrichir notre langue; expressions qui sont généralement adoptées dans la conversation du monde le mieux choisi, et où l'on trouve, en effet, autant de précision que de clarté, autant de force que de justesse:

Empaumer une affaire (la bien saisir, y bien débuter),

Tel personne, ou tel object, fait faux-bond.

Peloter quelqu'un (le manier avec la même facilité qu'une balle).

Peloter en attendant partie (faire quelque chose en attendant mieux).

Prendre la balle au bond (ne pas laisser échapper l'occasion).

Les hasards de la guerre.

Les revers de la fortune, etc., etc.

Les historiens, dit Montaigne, dans le chapitre DES LIVRES, *sont ma droite balle, car ils sont plaisans et aisés.*

Le commentateur observe que Montaigne appelle l'étude de l'histoire *sa droite balle*, pour nous apprendre que c'est le plus doux et le plus aisé de ses amusemens, par allusion à ce qui arrive à un joueur de paume qui, lorsque la balle lui vient du côté droit, la renvoie naturellement et sans peine, réduit, lorsqu'elle lui vient du côté opposé, à la chasser d'un coup de *revers*, qui, pour l'ordinaire, est un coup moins sûr et plus mal-aisé.

FIN.

L'AN 1806.

www.ingramcontent.com/pod-product-compliance
Ingram Content Group UK Ltd.
Pitfield, Milton Keynes, MK11 3LW, UK
UKHW031900260826
14628UKWH00002B/881

9 782329 452203